AMULETT

AMULETT

KAZU KIBUISHI

BUCH EINS

DIE STEINHÜTERIN

Die Originalausgabe erschien unter dem Titel:
AMULET 01/ THE STONEKEEPER

Published by Arrangement with SCHOLASTIC INC.,
557 Broadway, New York, NY 10012 USA

Dieses Werk wurde vermittelt durch die Literarische Agentur
Thomas Schlück GmbH, 30161 Hannover.

www.adrian-verlag.de
Adrian & Wimmelbuchverlag GmbH
Friedrichstraße 126
10117 Berlin

ISBN-13: 9783947188826

Printed in EU 2025
Übersetzung: Julia Augustin
Lektorat englische Ausgabe: Sheila Keenan
Korrektorat deutsche Ausgabe: Simone Fischer
Buchsatz deutsche Ausgabe: Julia Groier-Bleiweis

Buchdesign von Kazu Kibuishi und Phil Falco
Creative Director: David Saylor

VORGESCHICHTE

WIR SOLLTEN NAVIN UM ACHT ABHOLEN.
WIR SIND SPÄT DRAN.
7:45
WIR HABEN REICHLICH ZEIT.
MINDESTENS 'NE HALBE STUNDE.
FÜNFZEHN MINUTEN SIND KEINE HALBE STUNDE.
ICH GLAUBE, PAPA LEBT IN EINEM PARALLEL-UNIVERSUM –
WO DIE ZEIT LANGSAMER VERGEHT.

DAS WÜRDE SO EINIGES ERKLÄREN.
NAVIN STÖRT ES BESTIMMT NICHT, ETWAS LÄNGER VIDEOSPIELE ZU SPIELEN, LIEBES.
HEY PAPA, ICH DARF AUCH 'NE RUNDE WENN WIR DA SIND, ODER?
MM-HMM.
SETZ' DICH HIN, EMILY.
OKAY, COOL.
DAVID, ES IST SCHON SPÄT.
BIS WIR WIEDER ZUHAUSE SIND, IST ES NACH ELF.
JAJA, DU
HAST JA RECHT.
ALLES KLAR, EMILY?
WIR MÜSSEN UNSER SPIEL AUFS NÄCHSTE MAL VERSCHIEBEN.
OOOCH.
DAVID -

ICH SEHE ES.
DER TYP HAT IMMER NOCH DAS FERNLICHT AUFGEDREHT.
NICHT ZU GLAUBEN.
TUUUUUT!
DAVID!
PASS AUF!
FEST-HALTEN!
KRACKKK!!

WHUD!

KRACH!
KRRRK!
KRRRK!

KAREN, BIST DU OK?
MEINE NASE IST VERLETZT. EMILY. WAS IST MIT EMILY?!
EMILY!
MIR GEHT ES GUT, PAPA.
OKAY, ICH WILL, DASS DU DA RAUSKLETTERST UND VORNE RAUSKOMMST.
KLICK!
GUT. WEITER SO.
UND JETZT WEG VOM AUTO, EMILY.
KAREN, JETZT DU.
KOMM SCHON MAMA.
ARRRHH!
PAPA! GIB MIR DEINE HAND!

GEHT NICHT, EMILY. MEINE BEINE STECKEN UNTERM ARMATURENBRETT FEST.
KRRRRKK..
PAPA, GIB MIR DEINE HAND. BITTE.
EMILY– IHR WERDET HILFE BRAUCHEN ...
MAMA!
PAPA STECKT FEST!!
DAVID?!
DU MUSST DA RAUS, SOFORT!
KAREN, MEINE BEINE STECKEN FEST.
JEMAND MUSS MICH RAUS-SCHNEIDEN ... HOL' HILFE.
DAVID, WIR HABEN KEINE ZEIT!!
KRRRK!
DAS AUTO STÜRZT AB!!
GIB MIR EINFACH DEINE HAND!!!

AARRHH!
ICH KANN NICHT!!!
ES GEHT NICHT, KAREN.
DU MUSST ES PROBIEREN!!
KRRRK...
KRRRK...
AHHHNG!
KRRK...
NEIN!!!

KAREN.
LASS LOS.
DAVID!!!
DU MUSST DICH UM EMILY KÜMMERN.
LASS LOS.
MAMA! PAPA! KOMMT RAUS!!

Buch Eins

Die Steinhüterin

2 JAHRE SPÄTER

WENN DU SO WEITERMACHST, BLEIBT DEIN GESICHT SO.
SOLANGE IHR BEIDEN EUCH IRGENDWIE BESCHÄFTIGT UND KEINEN ÄRGER MACHT,
IST MIR EGAL, WELCHE GESICHTER IHR ZIEHT.
ICH WILL NUR EM AUFHEITERN.
SIE HAT WIEDER SO EINEN TRÜBSELIGEN GESICHTS-AUSDRUCK.
HEY!
HÖR NICHT AUF IHN, MAMA.
MIR GEHT'S GUT.
SLOW
JEDENFALLS
DENKE ICH, DASS EUCH DIESE STADT GEFALLEN WIRD.
HIER GIBT'S MINIGOLF.
DER EINZIGE HAKEN IST, DASS DAS HAUS NOCH VIEL ARBEIT NÖTIG HAT, BIS ES GEMÜTLICH WIRD.
WARUM SIND WIR ÜBERHAUPT WEGGEZOGEN?
IN UNSEREM ALTEN HAUS WAR ALLES NEU.

LEIDER SIND NEUE SACHEN SEHR TEUER.
SEIT EUER VATER TOT IST, KANN ICH MIR DAS ALTE HAUS NICHT MEHR LEISTEN.
ZUMINDEST HABEN WIR HIER DRAUSSEN WENIGER GELDSORGEN.
DIESES HAUS IST SCHON EWIG IN FAMILIENBESITZ.
MAMA, WIR SIND MITTEN IM NIRGENDWO.
IN DIESEM LAND GIBT ES ZIG ORTE "MITTEN IM NIRGENDWO" – –
IN DENEN NICHT SO VIELE LEUTE LEBEN WIE IN NORLEN. ES IST ZIEMLICH GROSS.
WILLKOMMEN IN
NORLEN
28.000 EINW.
IHR WERDET SEHEN. ES IST GENAUSO WIE ANDERSWO AUCH.
SO, DA SIND WIR ALSO.

RIECHT MAL, DIESE FRISCHE LUFT!
IST DAS NICHT TOLL?
MAL SCHAUEN, OB DIESE ALTEN SCHLÜSSEL NOCH PASSEN.
KLICK
CRUNK
ACH DU MEINE GÜTE ...

DIESES HAUS BRAUCHT EINE MENGE LIEBE.
SCHÖN ZUSAMMEN-BLEIBEN.
SEID VORSICHTIG.
SO KÖNNEN WIR UNMÖGLICH HIER SCHLAFEN.
SEUFZ.
... WIR MÜSSEN GLEICH LOSLEGEN.

BEREIT?
BEREIT, WENN DU ES BIST!
LOS GEHT'S!!!
ATTAAACKEEE!!!

SHHFF
BPUMP
FSSHK!

SILAS CHARNON

Macht der Steine

EMILY!
EMILY?
WHOA.

HEY MAMA!
SCHAU MAL, WAS EM GEFUNDEN HAT!
OH WOW.
DAS IST GROSSVATER SILAS' BIBLIOTHEK.
DER DA IST ALSO URGROẞVATER?
YEP.
LEBT ER NOCH?
GUTE FRAGE.
KEINER WEISS WIRKLICH, WAS MIT IHM GESCHAH, NACHDEM ER VERSCHWAND.

VERSCHWAND?
NACHDEM EURE URGROSSMUTTER ISABEL STARB, SCHLOSS SICH SILAS IM HAUS EIN UND WURDE NIE WIEDER GESEHEN.
DESHALB GLAUBEN DIE LEUTE HIER, DAS SEI EIN SPUKHAUS.
IST ES DAS?
NATÜRLICH NICHT.
NAVIN!
KOMM DA RUNTER!
KOMM SCHON, MAMA!
MIR PASSIERT NICHTS!
DA OBEN IST NICHTS AUSSER ALTEM GERÜMPEL!
HIER SIND SO VIELE BAUPLÄNE. WAR ER ARCHITEKT?
NEIN.
SILAS WAR EIN TÜFTLER. UND ER WAR STOLZ DARAUF.
ICH FAND JEDENFALLS IMMER, DASS SEINE ERFINDUNGEN EHER AUSSAHEN WIE SPIELZEUGE ODER MASCHINEN.
KARTEN ROBOTER
WOW.

SCHÖN, DASS DICH SILAS' ARBEIT INTERESSIERT. FÜR EINEN VORTRAG IN DER SCHULE WIRD ES DIR BESTIMMT MAL NÜTZEN.
MUSS ICH ECHT ZUR SCHULE GEHEN? ICH KANN MIR SELBST ALLES BEIBRINGEN, WAS ICH BRAUCHE.
ICH WEISS, DASS DU ES HASST, SCHON WIEDER AUF EINE NEUE SCHULE ZU GEHEN. ABER ES MUSS SEIN.
DU WIRST BESTIMMT SCHNELL NEUE FREUNDE FINDEN.
DARUM GEHT'S NICHT, MAMA.
ICH SEH' NUR NICHT EIN, WARUM ICH ALGEBRA LERNEN SOLLTE, WENN ICH ES SPÄTER
IN DER ECHTEN WELT NIE BRAUCHEN WERDE.
UND SEIT WANN WEISST DU SO VIEL ÜBER DIE ECHTE WELT?
STIMMT DOCH, ODER?
DAS IST NICHT DER PUNKT.

DU HAST GESAGT, URGROSSVATER GING NIE ZUR SCHULE, ODER?
SCHAU DIR MAL DIE COOLEN SACHEN AN, DIE ER GEMACHT HAT!
EMILY –
MEIN GROSSVATER WAR VERSCHROBEN.
UND BESTIMMT KEIN GLÄNZENDES VORBILD FÜR DICH.
WARUM NICHT?
VERTRAU MIR, EMILY. ES IST BESSER, EIN NORMALES LEBEN ZU FÜHREN, WIE ALLE ANDEREN.
LASS UNS RUNTER GEHEN UND DEN REST SAUBERMACHEN.
ES GIBT NOCH JEDE MENGE ARBEIT, BEVOR ES DUNKEL WIRD.

SSSHF
DAS WÜRDE ICH NICHT TUN, WENN ICH DU WÄRE.
WARUM NICHT?
WEIL'S GRUSELIG IST.
MAN, WERD' ERWACHSEN.
SHK!
AU!

SIEHST DU?!
ICH HAB' DIR GESAGT, FASS ES NICHT AN!
MACH DIR KEINE SORGEN.
ES IST NUR EIN PIKSER.
KRRK!!
LASS UNS ZURÜCKGEHEN, BEVOR WIR ÄRGER BEKOMMEN.
WARTE MAL.

KOMM SCHON EM, WIR SOLLTEN ES LIEGEN LASSEN UND MAMA DAVON ERZÄHLEN.
SIE WIRD NUR WOLLEN, DASS WIR ES ZURÜCKLEGEN.
KOMM, HILF MIR, ES ANZULEGEN.
KNOTENBINDEN IST NICHT MEINE STÄRKE.
IST DOCH GANZ LEICHT.
MACH EINFACH ZWEI BREZELN.

ZWEI BREZELN.
SWISH
SHK!
HAST DU ES FEST-GEBUNDEN?
ICH, ÄHM – ICH DENK' SCHON.
ES IST WUNDERSCHÖN.
ERZÄHL' MAMA NICHTS DAVON, OK?
ICH WILL AUCH EINS.
ICH LASS ES DICH SPÄTER MAL TRAGEN.
KOMM JETZT.
LASS UNS MAMA HELFEN.

WARUM BEKOMME ICH EIGENTLICH NIEMALS WAS ZUERST?
HM?
EM, WARTE!

KLICK!
IN EIN PAAR TAGEN SOLLTEN WIR STROM HABEN.
BIS DAHIN IST ES SO WIE BEIM ZELTEN.
WAS IST LOS, EMILY?
WARUM SIND WIR HIER RAUS GEZOGEN?
EHRLICH MAL.
ICH DACHTE, EUCH WÜRDE ALL DIE NATUR GEFALLEN.
FERIENLAGER FANDET IHR IMMER TOLL.
JA,
EINEN MONAT IM JAHR.
ABER HALT NICHT FÜR IMMER.

SCHAUT, ICH WOLLTE NUR EINEN NEUSTART FÜR UNS ALLE UND DASS WIR DAS ALTE LEBEN HINTER UNS LASSEN.
ICH WOLLTE NEU ANFANGEN. DAS IST DOCH NICHTS SCHLIMMES, ODER?
ABER DAFÜR MÜSSEN WIR DOCH NICHT GLEICH HIER RAUS ZIEHEN.
PAPA HÄTTE DAS NIE GETAN.
SCHLUCK.
WARUM SAGST DU SO ETWAS, EMILY?
WEIL ES WAHR IST.
SCHAUT, ICH WILL DOCH NUR –
ICH WOLLTE NICHT –

MAMA.
MAMA. ES TUT MIR LEID.
ICH VERMISSE EUREN VATER GENAUSO SEHR WIE IHR.
ICH WÜNSCHTE, ER WÄRE HIER.
ICH WÜNSCHTE, ICH KÖNNTE MIT IHM REDEN.
DOCH VOR ALLEM WÜNSCHTE ICH,
ICH WÜSSTE, WAS ICH TUN SOLL.
ICH WÜNSCHTE, ICH WÄRE NICHT ALLEIN.
ABER DAS BIST DU NICHT.
KOMMT HER.
IHR BEIDEN.

ICH LIEBE EUCH SO SEHR. ICH WÜSSTE GAR NICHT, WAS ICH MACHEN WÜRDE, WENN ICH EUCH AUCH VERLIEREN WÜRDE.
DAS WIRST DU NICHT.
ZZZZZZZZZ
WIE GEHT'S DIR, EMILY?
IST DIR WARM GENUG?
MIR GEHT'S GUT.
DANKE MAMA.

Z Z Z
WIR HABEN MORGEN NOCH EINEN LANGEN PUTZTAG VOR UNS.
ALSO RUH DICH AUS.
HEY,
WENN ES HIER NICHT KLAPPT, KÖNNEN WIR AUCH ZURÜCK IN DIE STADT ZIEHEN.
MACH DIR KEINE SORGEN, MAMA.
ICH BRAUCH' NUR ZEIT, UM MICH EINZULEBEN.
SHUF
SHUFF!
SEUFZ

EMILY.
EMILY.
HÖR GUT ZU.
DEINE FAMILIE IST IN GEFAHR.
CHRR.
BLEIB BEI IHNEN.
BESCHÜTZE SIE.
BESCHÜTZEN WOVOR?

WARTE!
K-THUMP!!
K-THUMP!!
HÖRST DU DAS?
ES KOMMT VON UNTEN.
MAMA, WAS IST DAS?
K-THUMP!
ICH WEISS ES NICHT, NAVIN.
KLICK!
IHR BEIDEN BLEIBT HIER, WÄHREND ICH NACHSEHE.
WIR GEHEN MIT DIR.

BLEIBT ZUSAMMEN.
K-THUMP!
HALLO?!
DAS SIND BESTIMMT NUR DIE ROHRE.
ODER VIELLEICHT EIN WASCHBÄR.
WASCHBÄR?
KLINGT SO, ALS KÄME ES AUS DEM KELLER.
K-THUMP!

KRRRK...
IHR BEIDEN BLEIBT HIER, WO ES SICHER IST.
WENN ES WIRKLICH EIN TIER IST, DÜRFT IHR IHM NICHT ZU NAHE KOMMEN.
ES KÖNNTE BEISSEN.
ICH WILL MIT DIR GEHEN.
NEIN.
DU BLEIBST HIER.
VERRIEGELT DIE TÜR, WENN ICH ES SAGE, OKAY?
MAMAAA.
TUT, WAS ICH SAGE!
ICH BIN GLEICH ZURÜCK.
VERSPROCHEN.

AH!
MAMA, WAS IST LOS?!
MAMA?!
BLEIBT OBEN, EMILY!!
ZURÜCK MIT DIR!
HUF
HUF
HUF

ICH SAGTE, ZURÜCK–

AAAAAH!
MAMA!
WARTE AUF MICH, EM!
MAMA?
KRRRK
KLICK!
HIER IST NIEMAND.

ICH HABE ETWAS DURCH DIE TÜR GEHEN SEHEN.
KLICK
MAMA?

MAMA?
FWOOOOOSH
SIEHT AUS ALS, GÄBE ES NUR EINEN WEG NACH UNTEN.
NIMM MEINE HAND UND LASS SIE NICHT LOS.

EM?
WAS PASSIERT HIER?!

HAST DU DAS GESEHEN?!
EM?

HSSSSSSSSSS
EMILY...
EMILY...
HOLT HILFE...
KOMMT IHM NICHT ZU NAHE.
NAVIN –

NAVIN, LAUF!
AH!
NEIN!
LASS MEINEN BRUDER LOS!!!

AHHH!
LAUF, EMILY!!
AHHH!

UUHH!
NAVIN!
MAMA!
DURCH DAS LOCH! SCHNELL!
HUF HUF!
SHLP!
SHWIPP!!
LASS LOS!!!

ICH SAGTE –
LASS –
LOS!
SKRIEEEEEE!
SZRAK!
WHUMP!

SKRIEEEEEE!
EM!
NAVIN!
ARGH!
GAH!

SKSSH-

SKRIEEE!
KOMM SCHON, STEH AUF!!!
RENN ZU DEN FELSEN!

NAVIN!
HIER LANG!
SCHNELL!
-GRUNZ
GRUNZ
HSSSSSSs.

SNAP!
?
GRUNZ
GRUNZ
IST ES WEG?
ES IST IMMER NOCH NAH.
WAS MACHEN WIR WEGEN MAMA?

ICH WEISS ES NICHT.
EMILY.
WENN DU DEINE MUTTER RETTEN WILLST, HÖR GUT ZU.
GEH IN DIE SCHLUCHT HINUNTER UND SUCHE DEN HÖHLENBACH.
FOLGE IHM STROMAUFWÄRTS BIS ZU SEINER QUELLE …
DORT WIRST DU EIN HAUS AUF EINER FELSENSÄULE FINDEN.
HÜTE DICH VOR DEN KREATUREN, DIE DIR BEGEGNEN WERDEN.
WAS AUCH PASSIERT, SUCHE HILFE BEI DEM MANN, DER IN DIESEM HAUS WOHNT …
DEINEM URGROSSVATER, SILAS CHARNON.

GEH NUN.
DU DARFST KEINE ZEIT VERLIEREN.
WAS WAR DAS ALLES GERADE?
NIMM MEINE HAND.
KNIRSCH

?
SKRIEEE!
SKRIEEE!

DA GEHT'S NICHT WEITER.
DIE SCHIRMPILZE.
REISST SIE MITSAMT WURZEL HERAUS UND BENUTZT SIE ALS GLEITER.
GLEITER?

WAS TUST DU DA?
AAAHNG!
HIER, NIMM DAS.
SKRIEEH!
SPRING, NAVIN!
SPRING!
SKRIEEH!

SKRIEEH!

BIST DU OK?
YEP.
HEY EM,
WENN DU DICH EWAS BEUGST, KANNST DU IHN STEUERN.
VERSUCH' IHN GERADE ZU HALTEN.
BOOMP!
HÄ?

PECK!
PECK!
EM!
IRGENDWAS FRISST MEINEN GLEITER!
PECK! PECK!
HALT DICH EINFACH FEST!
ICH KOMME!
GUT FEST-HALTEN!
PECK!
PECK!
KICK!
SQUAWK!
SQUAWK!
KICK! KICK! KICK!!
PECK!
PECK!
ICH BIN GLEICH WIEDER BEI DIR, NAVIN.
HWEEEE
IN ETWA EINER MINUTE WIRD DIESER KRUMMSCHNABEL DEN HUT DURCHSTOSSEN.
WENN DAS PASSIERT, STÜRZT NAVIN ZU TODE.

WAS SOLL ICH TUN?!
BENUTZE DAS AMULETT.
HWEEEE
PECK. PECK. PECK.
DU HAST ES SCHON EINMAL GETAN.
DU SCHAFFST ES WIEDER.
KEINE ANGST.
KONZENTRIERE DICH ...
UND PROJIZIERE DIESE ENERGIE...
VRRRRN

SZRAK!!
SQUAWK!!
KRNCH!
WIE HAST DU DAS GEMACHT?
ICH WEISS NICHT GENAU.
EM, HEISST DAS, DU BIST EINE ZAUBERIN?
NEIN.

WARTE,
ICH MEINE EINE HEXE.
DU BIST EINE HEXE.
HÖR DAMIT AUF, NAVIN.
ICH BIN KEINE HEXE.
ABER DAS WAR WIE ZAUBEREI.
KSSSH!
VERGISS NIE, DIESE MACHT WEISE EINZUSETZEN.
EINE STEINHÜTERIN ZU SEIN, IST EINE GROSSE VERANTWORTUNG. NIMM SIE ERNST.
EINE STEINHÜTERIN?

WAS MACHEN WIR WEGEN MAMA?
PLÄTSCHER PLÄTSCHER
PLÄTSCHER
PLÄTSCHER
DAS AMULETT SAGTE, WIR SOLLEN STROMAUFWÄRTS GEHEN UND DIE QUELLE DES BACHS SUCHEN.
WIR TUN BESSER, WAS ES SAGT.
WIE KÖNNEN WIR IHM VERTRAUEN?
SEINE STIMME KLANG ZIEMLICH HINTERLISTIG.
DIESE HINTERLISTIGE STIMME HAT DIR DAS LEBEN GERETTET.
UND WIR HABEN NICHT GERADE DIE WAHL, NAVIN.
ALSO WENN DU KEINEN BESSEREN PLAN HAST,
DANN FÜHRT UNS DAS AMULETT.

munch
munch
munch .
munch

EMILY.
LASS NAVIN NICHT AUS DEN AUGEN.
HÄ?
NAVIN!
NAVIN!
WEG VON DIESEN DINGERN!!
SIE SIND HARMLOS, EM.
WOHER WILLST DU WISSEN, DASS SIE NICHT GIFTIG SIND?
KOMM JETZT, HOCH MIT DIR.
DU DARFST JETZT NICHT KRANK WERDEN ODER DICH VERLETZEN.

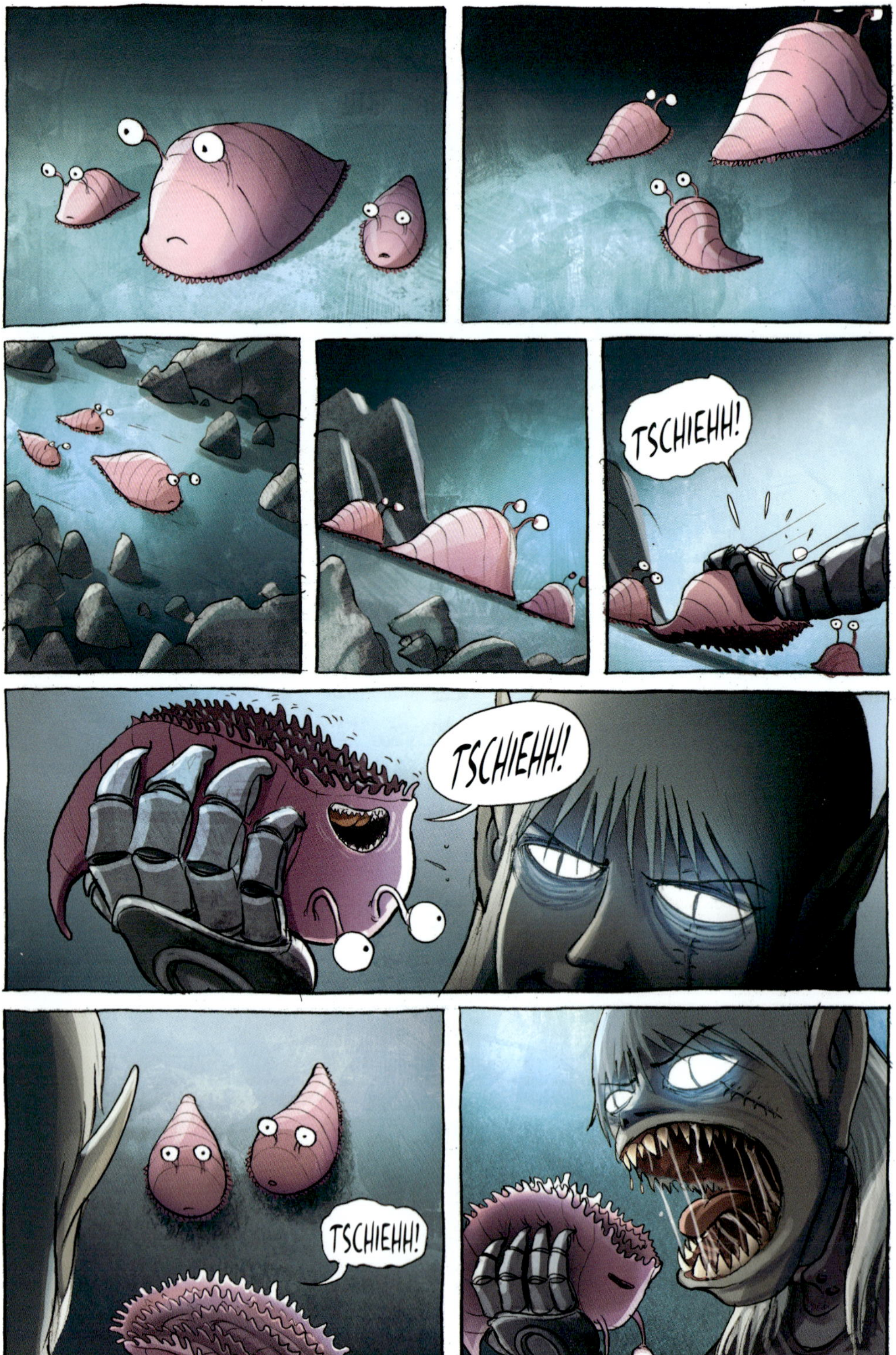
TSCHIEHH!
TSCHIEHH!
TSCHIEHH!

MAMPF!
FSSSHHhhh
..FSHHHHh.

DAS MUSS DAS HAUS SEIN.
WIR MÜSSEN DA RÜBER.
BEREIT ZUM SCHWIMMEN?
NAVIN?
IRGEND-JEMAND KOMMT DA.

SHK!
HUMMMM
WAS IST DAS?
BEWEG DICH NICHT UND SEI STILL.

ICH GLAUBE, ER HAT MICH GESEHEN.
LAUF.

SKSHHHH
DU HAST IHN GETÖTET!
ICH HABE IHN NUR BETÄUBT.
HUMMMMM
ER STEHT GLEICH WIEDER AUF, ALSO MÜSSEN WIR UNS BEEILEN.
ZUM BOOT.
SCHNELL.

ER KOMMT ZURÜCK!
HALTET EUCH FEST.

DU KANNST UNMÖGLICH SCHNELL GENUG RUDERN, UM – –
TAK!
WHOA!
SHOOM!
BOOSH!
BOOSH!

SKSSSSSSSHH
WAS WILL ER VON UNS?
DAS AMULETT.
WIE VIELE ANDERE AUCH WILL ER SEINE MACHT.
UND WOHER WEISS ICH, DASS DU NICHT AUCH DAHINTER HER BIST?
WEIL ICH DAFÜR GESORGT HABE, DASS ES ZU DIR GELANGT.

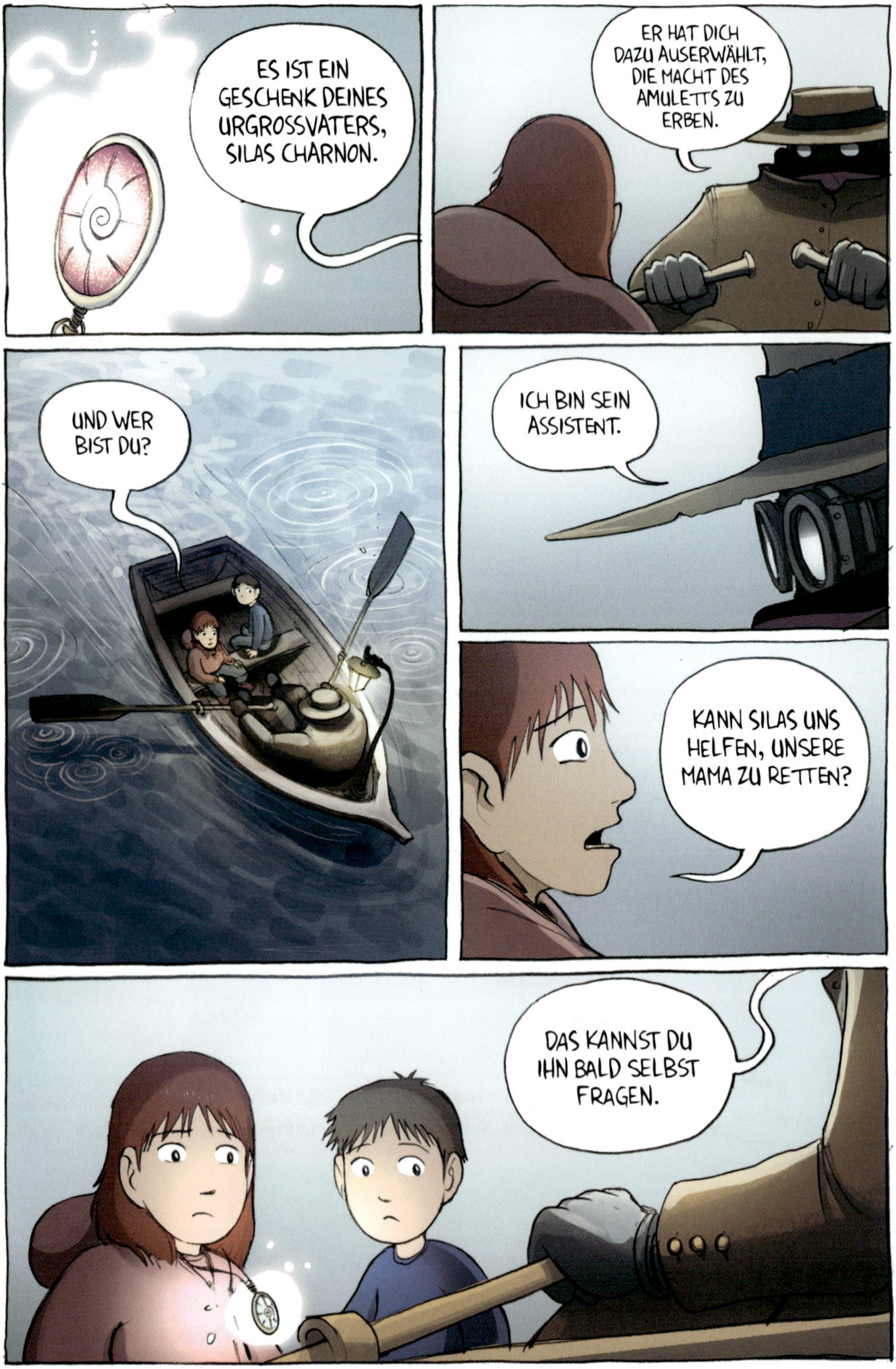
ES IST EIN GESCHENK DEINES URGROSSVATERS, SILAS CHARNON.
ER HAT DICH DAZU AUSERWÄHLT, DIE MACHT DES AMULETTS ZU ERBEN.
UND WER BIST DU?
ICH BIN SEIN ASSISTENT.
KANN SILAS UNS HELFEN, UNSERE MAMA ZU RETTEN?
DAS KANNST DU IHN BALD SELBST FRAGEN.

ER WARTET SCHON SEHR LANGE DARAUF, DICH ZU TREFFEN.
VORSICHT, WO IHR HINTRETET.

WILLKOMMEN IM CHARNON-HAUS.

FSSH!!
KLICK!
POOMF!
MEIN NAME IST MISKIT.

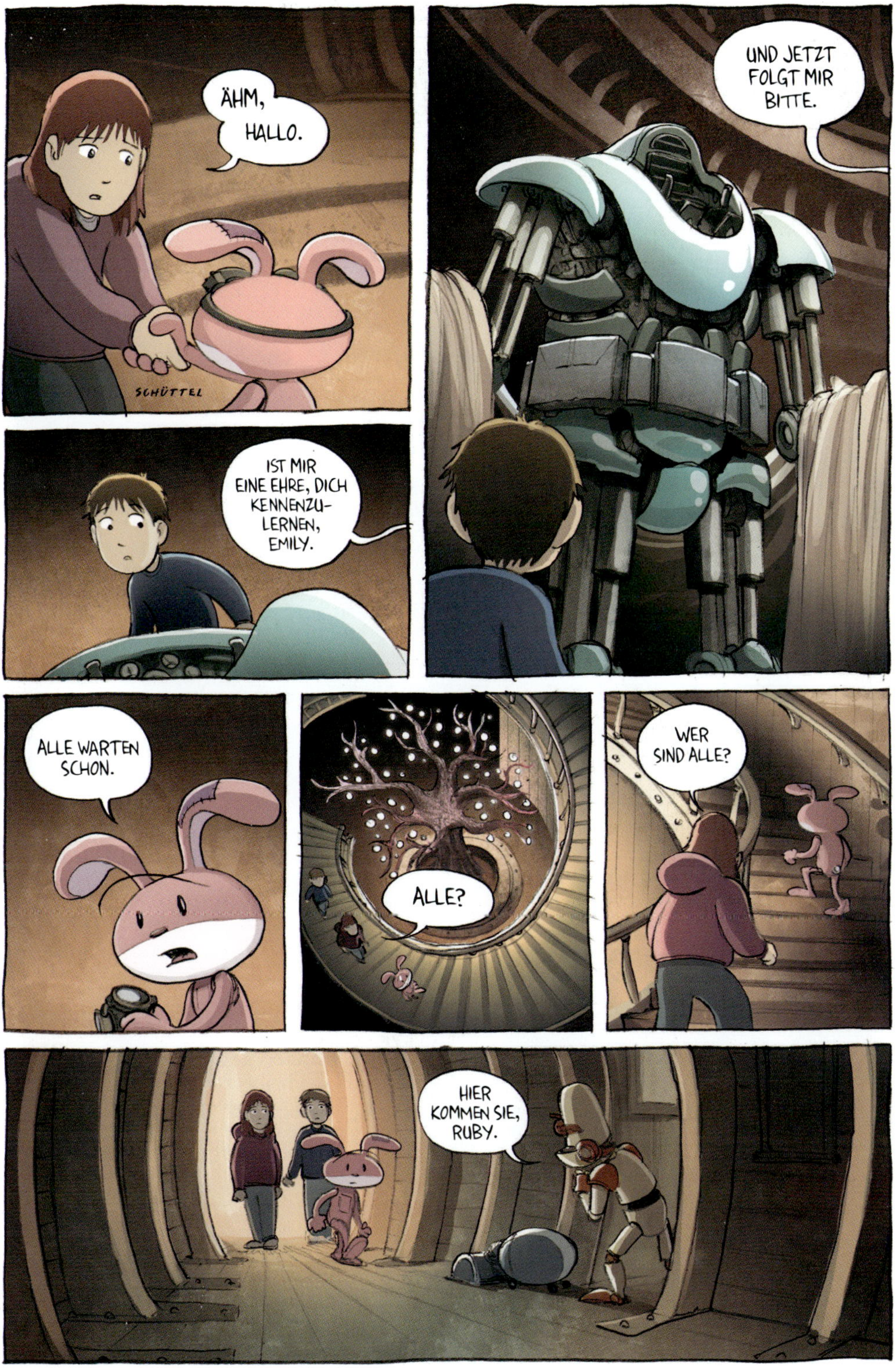
ÄHM,
HALLO.
SCHÜTTEL
UND JETZT FOLGT MIR BITTE.
IST MIR EINE EHRE, DICH KENNENZU-LERNEN, EMILY.
ALLE WARTEN SCHON.
ALLE?
WER SIND ALLE?
HIER KOMMEN SIE, RUBY.

QUIEETSCH.
DU MACHST WITZE, ODER?
DAS SIND NUR EIN PAAR ROTZNASEN!
ETWAS MEHR RESPEKT, COGSLEY.
SILAS WEISS, WAS ER TUT.
ICH HOFFE, DASS DU RECHT HAST.
HÖRT NICHT AUF IHN.
ER IST IMMER SO.
OH, GOTTSEIDANK BIST DU HIER.

WAS IST LOS?
SCHAU DIR SEINE HERZFREQUENZ AN.
SIE WIRD SCHWÄCHER.
ER VERLOR VORHIN SOGAR DAS BEWUSSTSEIN, ALS ICH IHM ESSEN GEBEN WOLLTE.
WENN ES SO WEITERGEHT – –
OH,
DAS MÜSSEN DIE KINDER SEIN.
FREUT MICH, EUCH KENNENZULERNEN.
ICH BIN MORRIE.
ICH BIN EMILY. UND DAS IST NAVIN.
FREUT MICH.
PSSSSH
SIR …
SIE SIND HIER.
SIE HABEN ES GESCHAFFT.

DU MUSST DIE EINE SEIN.
ICH KANN ES IN DEINEN AUGEN SEHEN.

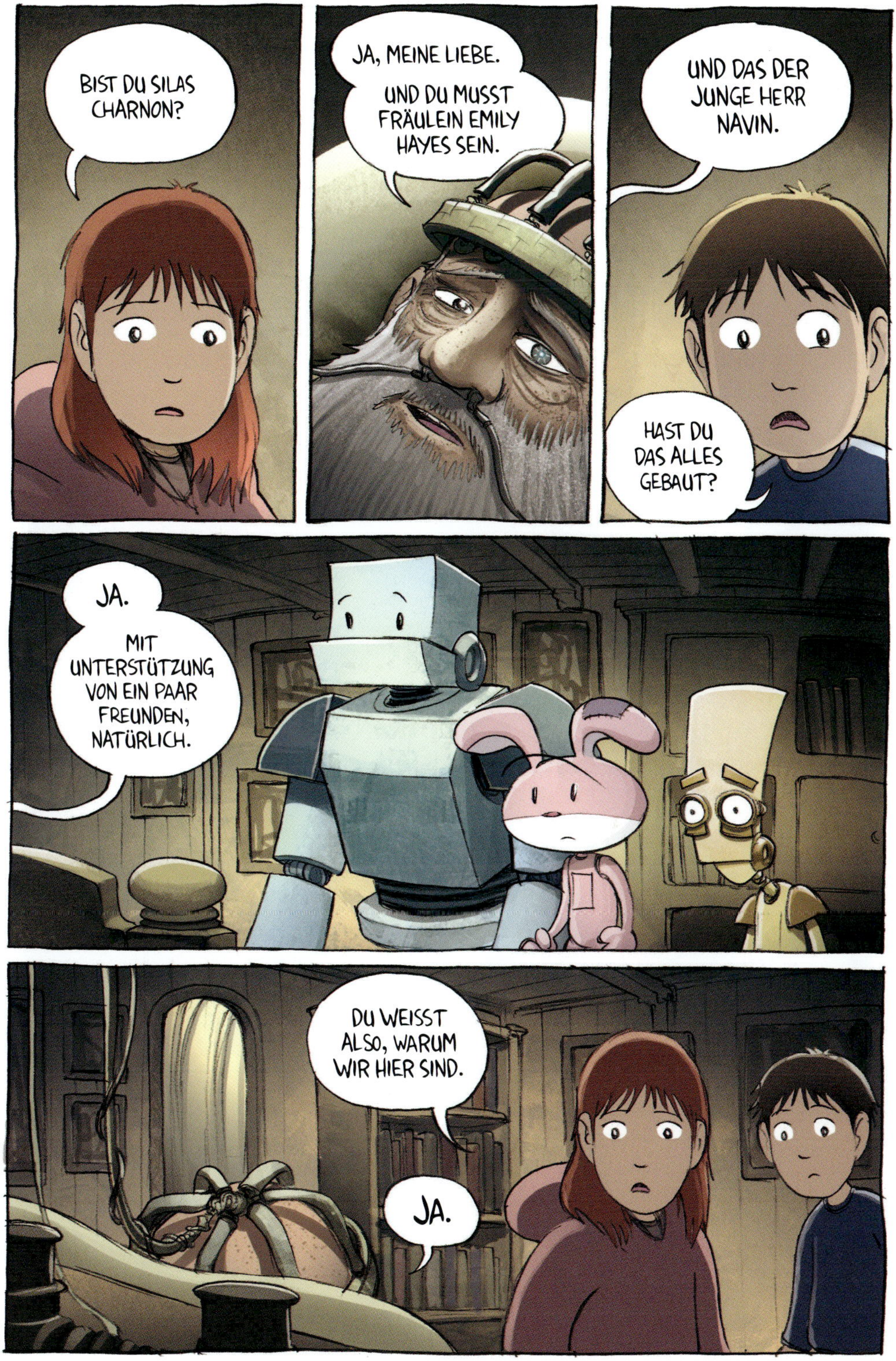
BIST DU SILAS CHARNON?
JA, MEINE LIEBE.
UND DU MUSST FRÄULEIN EMILY HAYES SEIN.
UND DAS DER JUNGE HERR NAVIN.
HAST DU DAS ALLES GEBAUT?
JA.
MIT UNTERSTÜTZUNG VON EIN PAAR FREUNDEN, NATÜRLICH.
DU WEISST ALSO, WARUM WIR HIER SIND.
JA.

UNSERE MUTTER IST IN GEFAHR.
DAS AMULETT SAGTE, WIR SOLLTEN DICH FINDEN, UND DASS DU UNS HELFEN WÜRDEST.
KANNST DU UNS HELFEN?
ABER MEINE LIEBE, DU MUSST VERSTEHEN …
-- DASS ICH DAS SCHON GETAN HABE.
HWEEEEE
LASS MICH DIR ETWAS ÜBER DEIN ERBSTÜCK ERZÄHLEN.
DAS AMULETT ENTHÄLT EINEN STEIN, DER JEMANDEM DIE MACHT VERLEIHT, DAS LAND ALLEDIA ZU REGIEREN.

ALLEDIA?
WO IHR JETZT GERADE SEID.
ES IST EINE PARALLELWELT UNSERES PLANETEN ERDE.
MIT DER ZEIT WIRST DU DAS LAND UND SEINE BEWOHNER KENNENLERNEN.
DU WIRST SEHEN, WIE SCHÖN ES IST.
ABER WIE HILFT UNS DAS JETZT WEITER?
DAS WIRD SICH DIR OFFENBAREN, WENN DU DAS GANZE AUSMASS DER KRÄFTE DES STEINS ERKENNST.
WENN DU ES SCHAFFST, SIE ZU BEHERRSCHEN,
WIRST DU NICHT NUR EURE MUTTER RETTEN,
SONDERN EINE GROSSE UND WUNDERBARE MACHT ERLANGEN, DIE DU DIR KAUM VORSTELLEN KANNST.
DAS IST ETWAS, DAS MIR WÄHREND MEINES LEBENS VERSAGT BLIEB.
ABER DU...
DU KANNST ES SCHAFFEN.
ABER ICH WILL KEINE MACHT.
ICH WILL NUR MEINE MUTTER WIEDERHABEN UND ZURÜCK NACH HAUSE.

UND WENN ICH DIR SAGTE, DASS DU MIT DIESER MACHT **DIE ZEIT ZURÜCKDREHEN** KÖNNTEST?
UND DIE DINGE WIEDER SO WÄREN WIE FRÜHER?
ES MUSS IN DEINEM LEBEN EINE ZEIT GEGEBEN HABEN, IN DER DU GLÜCKLICHER WARST.
ES IST SCHWER VORZUSTELLBAR FÜR MICH, DASS DU SCHON IMMER EINE SO ERNSTE UND ENTSCHLOSSENE JUNGE DAME WARST.
DU KANNST TATSÄCHLICH HABEN, WONACH DU SUCHST…
UND ALLES, WAS DU DAFÜR TUN MUSST, IST AUF DEN STEIN ZU HÖREN.
ER WIRD DIR HELFEN, DIE MACHT ZU ERLANGEN, MIT DER DU DIR DEINE WELT GESTALTEN KANNST.
ER WIRD DIR ALLES GEBEN, WAS DU DIR WÜNSCHT, UND NOCH VIEL MEHR.
ICH WÜNSCHTE NUR, ICH KÖNNTE DABEI SEIN, UM ES MITZUERLEBEN.

EMILY,
WENN ICH NICHT MEHR DA BIN, WIRST DU EINE WAHL TREFFEN MÜSSEN.
DU KANNST DIE MACHT DES STEINS ANNEHMEN ODER SIE ABLEHNEN.
DOCH BEDENKE: JEDE WAHL BEDEUTET ERHEBLICHE FOLGEN UND GROSSE OPFER.
ABER WARUM?
WARUM ICH?
WEIL ICH WEISS, DASS DU MICH NICHT ENTTÄUSCHEN WIRST.
MISKIT!
JA SIR.
ICH HABE ALLE MEINE GEDANKEN UND ERINNERUNGEN IN DEINEN DATENBANKEN GESPEICHERT.
ES WIRD DEINE AUFGABE SEIN, EMILY ALLES ZU LEHREN UND SIE AUF DEN RICHTIGEN WEG ZU FÜHREN.

DU WARST MEIN LEHRLING,
UND JETZT WIRD EMILY DEINER.
ABER SIR, ICH BIN NICHT BEREIT DAFÜR.
DU WURDEST BEREIT GEBOREN!
DAFÜR HABE ICH DICH GEBAUT.
ABER SIR, ICH SCHAFFE DAS NICHT ALLEIN.
ABER DU BIST NICHT ALLEIN.
ALSO BERUHIGE DICH.
DEINE ÄNGSTE SIND UNBEGRÜNDET.
IN DEM MOMENT, ALS ICH IHRE GESICHTER SAH, WUSSTE ICH, DASS ALLES GUT WIRD.
AUF DIESES GEFÜHL HABE ICH MEIN LEBEN LANG GEWARTET.

PASS GUT AUF SIE AUF, MISKIT.
UND VIEL GLÜCK.
ZEIT, MICH AUSZURUHEN.
AHH!!!
NEIN! SIR!
WACHEN SIE AUF!
SIE KÖNNEN JETZT NICHT AUFGEBEN!
SIE KÖNNEN NICHT EINFACH GEHEN!
MISKIT.
HÖR AUF.

SIE KÖNNEN UNS NICHT EINFACH MIT EIN PAAR **KINDERN** ALLEIN LASSEN!
IST…
IST ER TOT?
SILAS…
VERLASSEN SIE UNS NICHT…

WHIRRRRRR
WHIRRR
KLICK!
?
WARUM SCHAUT IHR MICH SO AN?
WHIRRRR KLICK! WHIRRRR KLICK!
OHNE SILAS BIST DU UNSERE EINZIGE HOFFNUNG.
BITTE WENDE DICH NICHT AB.

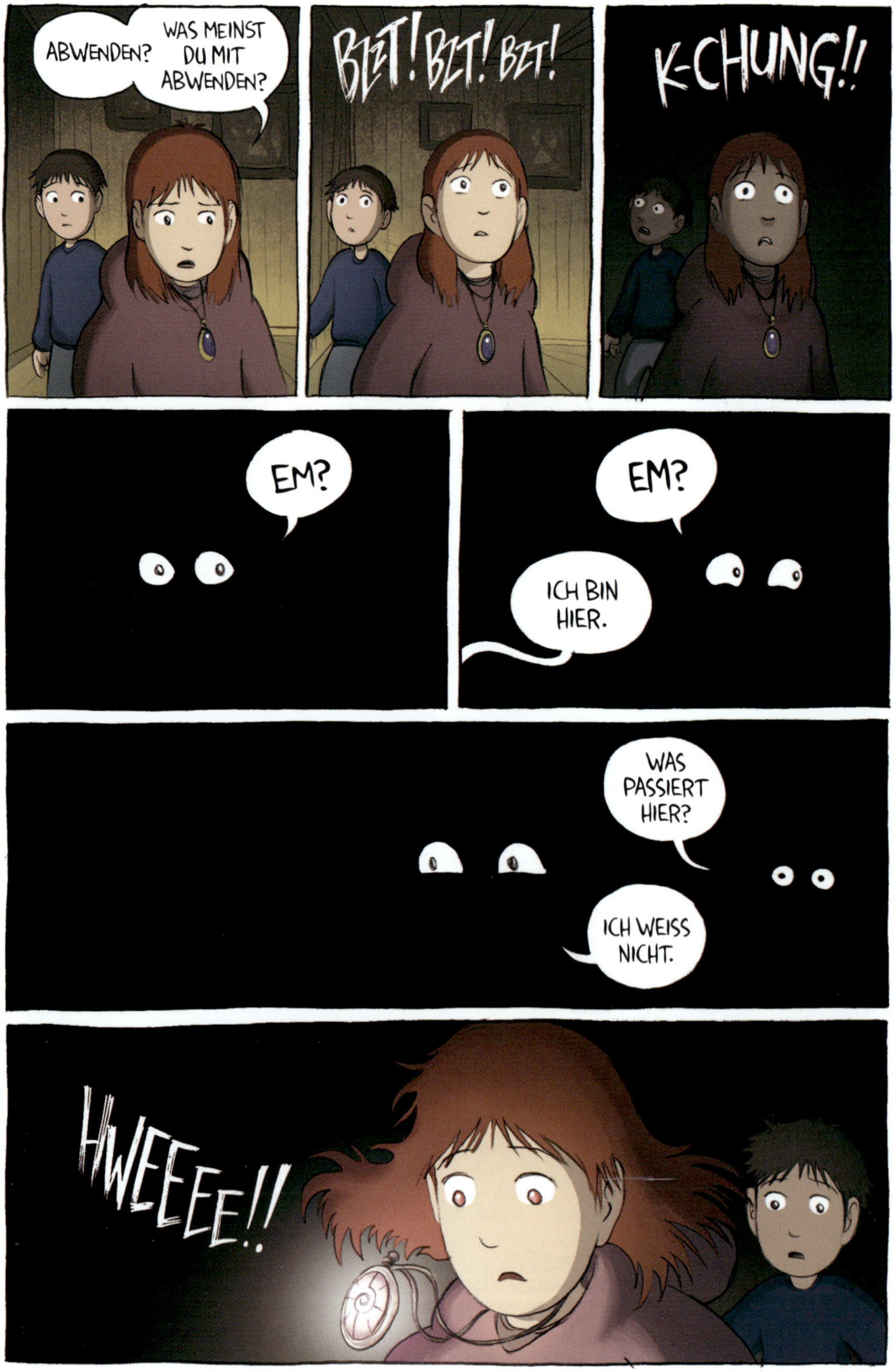
ABWENDEN?
WAS MEINST DU MIT ABWENDEN?
BZZT! BZT! BZT!
K-CHUNG!!
EM?
EM?
ICH BIN HIER.
WAS PASSIERT HIER?
ICH WEISS NICHT.
HWEEEEE!!

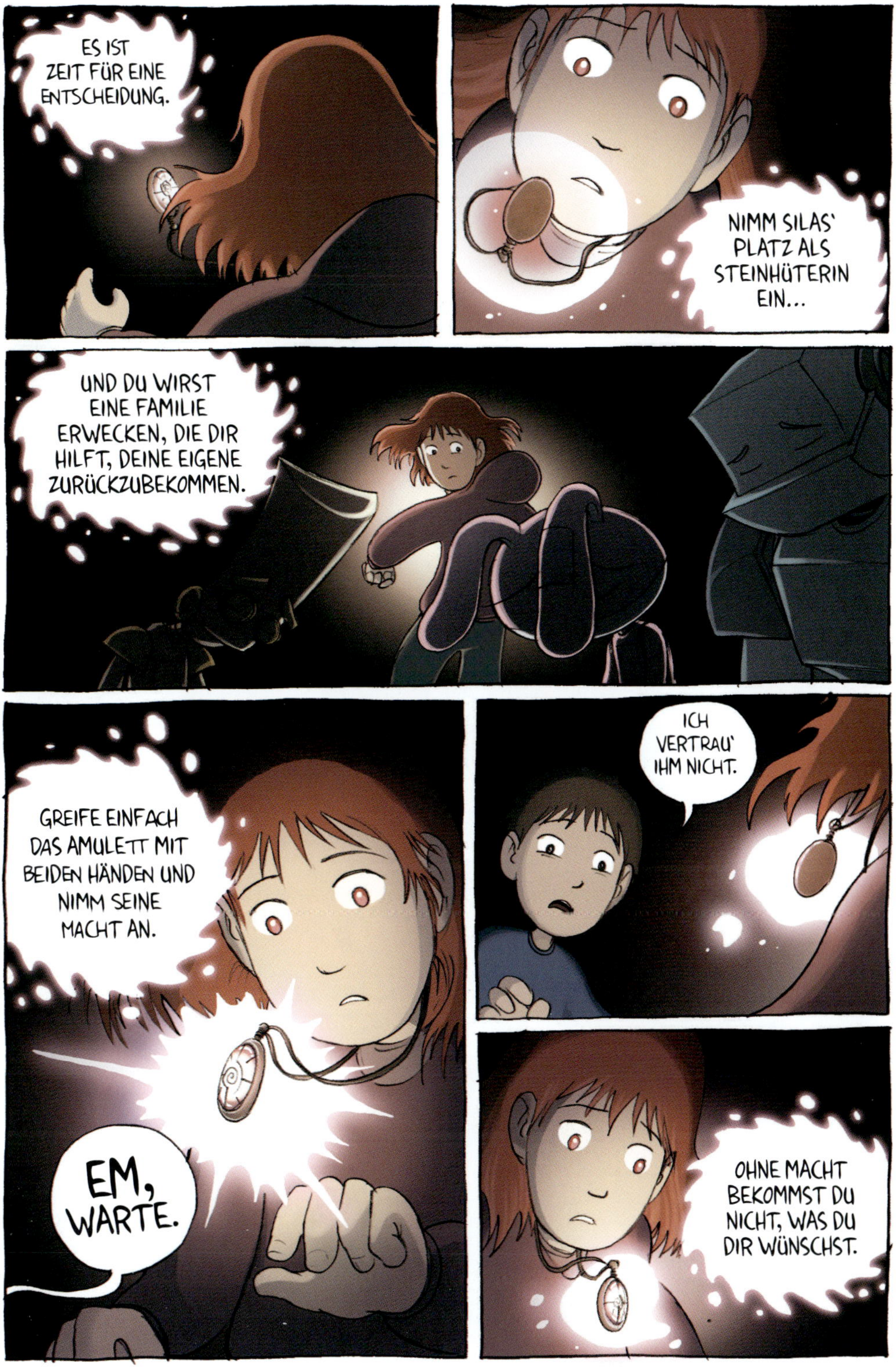
ES IST ZEIT FÜR EINE ENTSCHEIDUNG.
NIMM SILAS' PLATZ ALS STEINHÜTERIN EIN...
UND DU WIRST EINE FAMILIE ERWECKEN, DIE DIR HILFT, DEINE EIGENE ZURÜCKZUBEKOMMEN.
GREIFE EINFACH DAS AMULETT MIT BEIDEN HÄNDEN UND NIMM SEINE MACHT AN.
EM, WARTE.
ICH VERTRAU' IHM NICHT.
OHNE MACHT BEKOMMST DU NICHT, WAS DU DIR WÜNSCHST.

EM, TU'S NICHT.
OHNE DEN STEIN WIRD ALLES UM DICH HERUM ZU STAUB ZERFALLEN.
BEGRÜSSE DIE MACHT…
UND NUTZE SIE, UM DEINE FAMILIE ZU RETTEN.
NAVIN, WIR BRAUCHEN IHRE HILFE.

ES MUSS EINEN ANDEREN WEG GEBEN!
WIR SCHAFFEN DAS AUCH ALLEIN.
ER HAT RECHT.
ES GIBT IMMER EINEN ANDEREN WEG...
... ABER KEINEN, DER SO SICHER IST.
UND WIE KANNST DU DICH AUF DEINE HOFFNUNG VERLASSEN, WENN DIR KEINE ZEIT BLEIBT?
DU WEISST, WAS DU TUN MUSST.
EM, NEIN!

SZZT!
SZT!
SZZT!
WILLKOMMEN AN BORD, JUNGE HERRIN.
HWEEE...

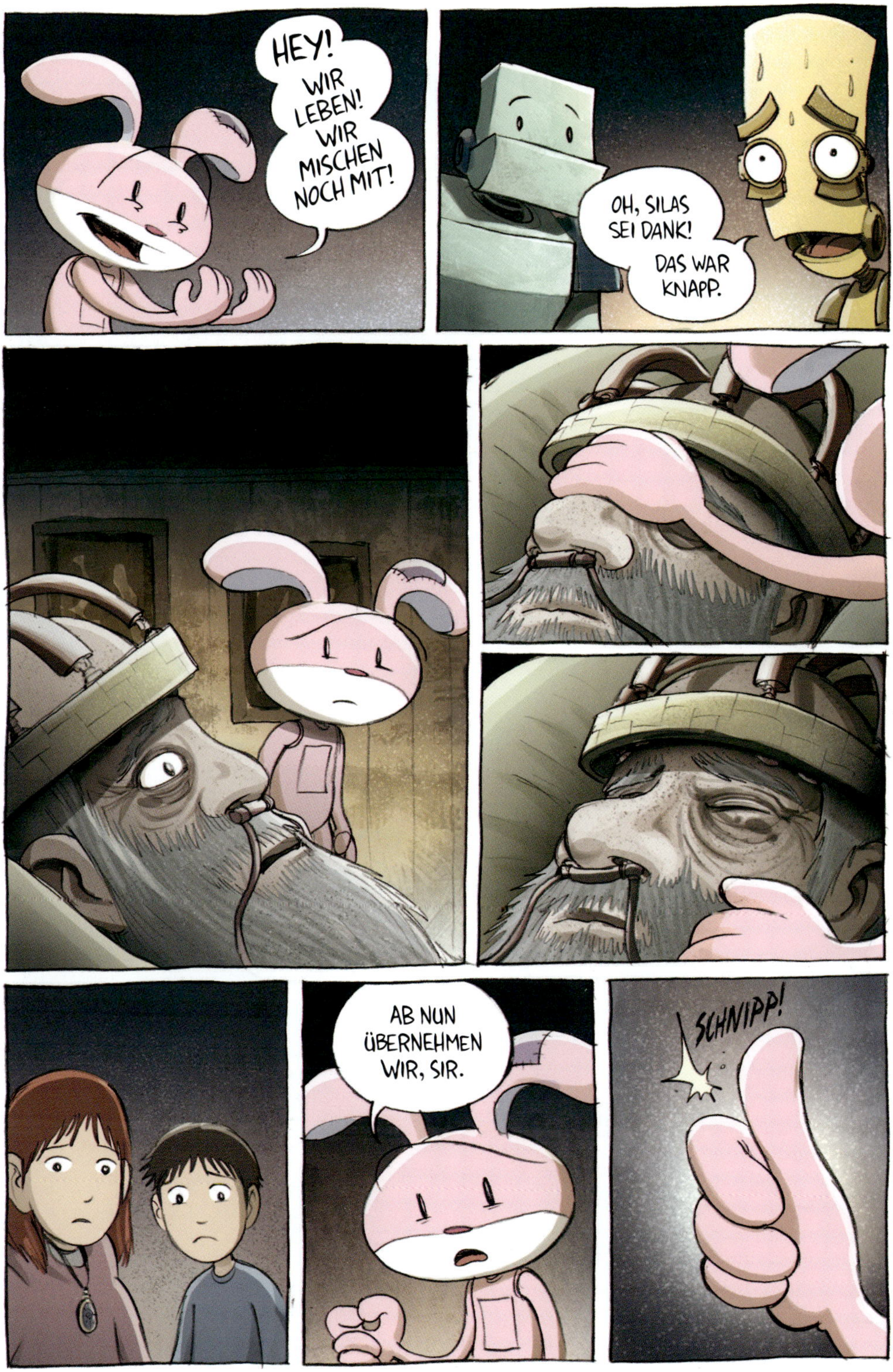
HEY!
WIR LEBEN! WIR MISCHEN NOCH MIT!
OH, SILAS SEI DANK!
DAS WAR KNAPP.
AB NUN ÜBERNEHMEN WIR, SIR.
SCHNIPP!

KRRRK!
SHWEEE
SHWEEE
THEODOR,
BRING SILAS IN EINE SCHLAFKAMMER UND BEREITE IHN FÜR DEN TRANSPORT NACH KANALIS VOR.
JA SIR.
SHWEEE
WIR MÜSSEN EURE MUTTER MITHILFE DES ZENTRALRECHNERS LOKALISIEREN.
BITTE FOLGT MIR.

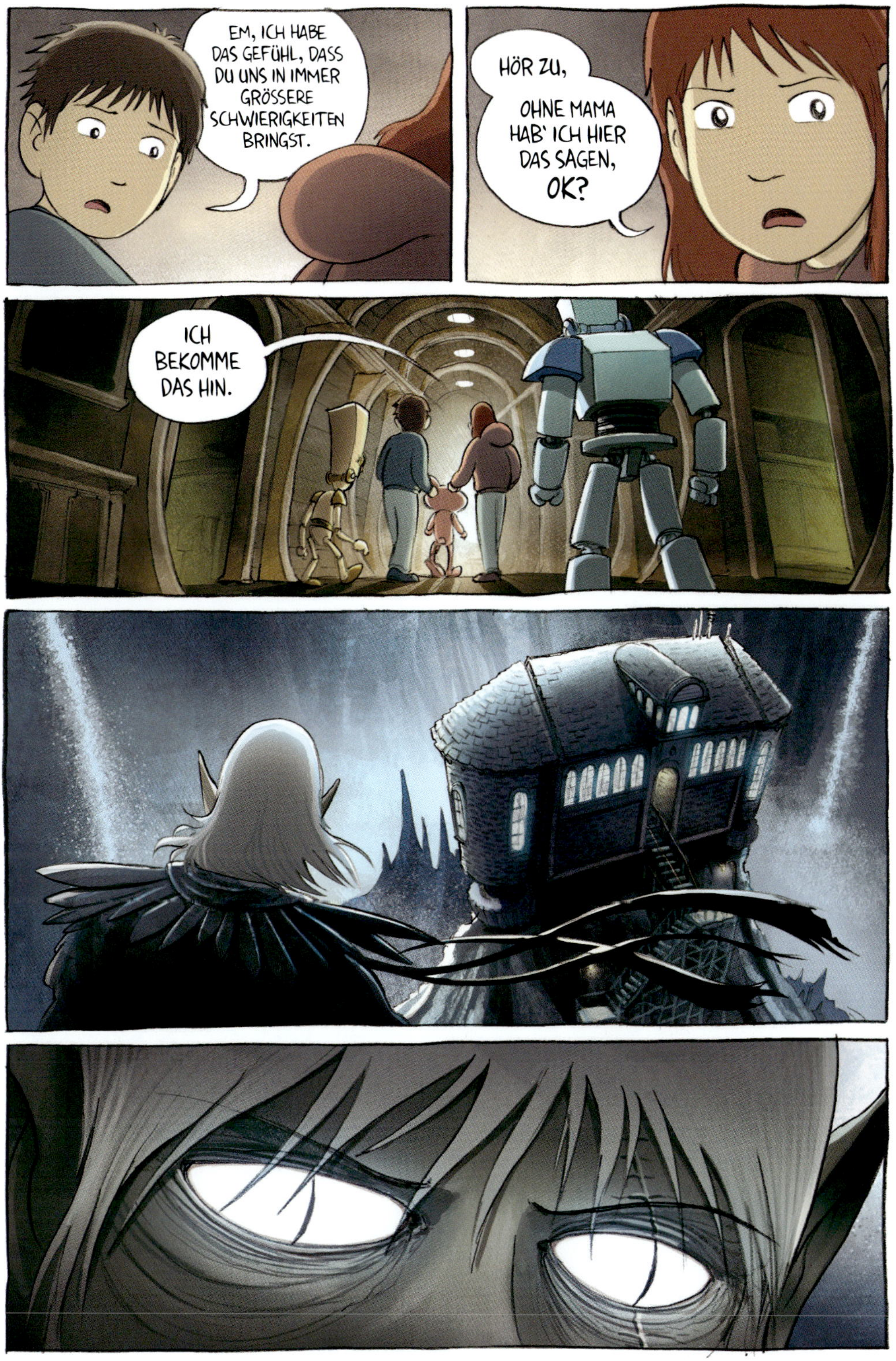
EM, ICH HABE DAS GEFÜHL, DASS DU UNS IN IMMER GRÖSSERE SCHWIERIGKEITEN BRINGST.
HÖR ZU,
OHNE MAMA HAB' ICH HIER DAS SAGEN, OK?
ICH BEKOMME DAS HIN.

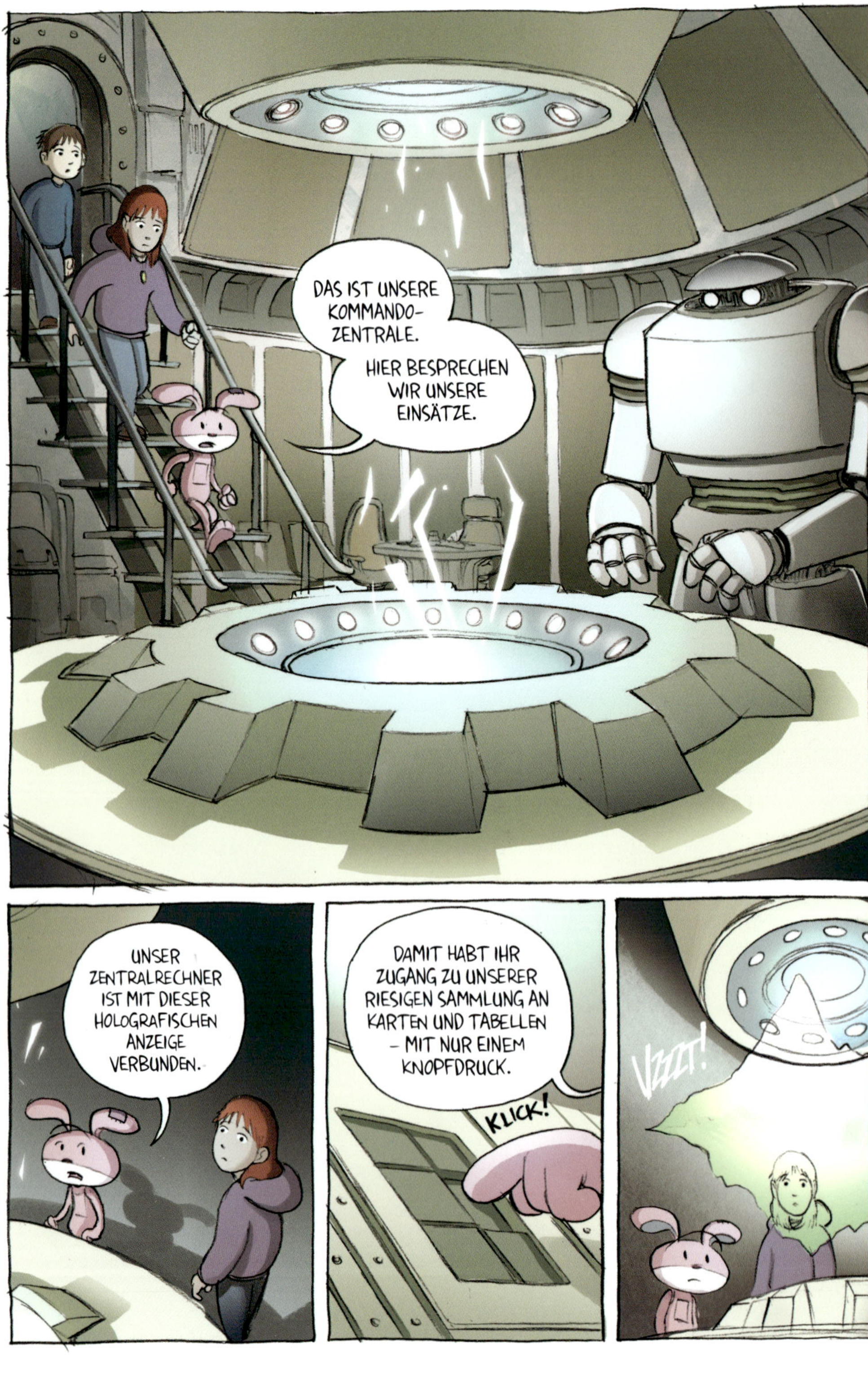
DAS IST UNSERE KOMMANDO-ZENTRALE.
HIER BESPRECHEN WIR UNSERE EINSÄTZE.
UNSER ZENTRALRECHNER IST MIT DIESER HOLOGRAFISCHEN ANZEIGE VERBUNDEN.
DAMIT HABT IHR ZUGANG ZU UNSERER RIESIGEN SAMMLUNG AN KARTEN UND TABELLEN – MIT NUR EINEM KNOPFDRUCK.
KLICK!
VZZZT!

DIESE KARTE ZEIGT UNSERE GEGENWÄRTIGE POSITION:
DEN BERG VON GONDOA.
DIE KARTE ZEIGT UNS AUCH ALLE LEBENSFORMEN, DIE SICH IN UNSEREM UMKREIS BEWEGEN.
DA.
DAS IST DAS MONSTER, DAS EURE MUTTER VERSCHLUCKT HAT.
ES LÄUFT ZU MORLEYS HÖHLE.
WENN –
SAG' DASS DAS NICHT WAHR IST, CHEF!
ERZÄHL' MIR NICHT, DASS WIR JETZT FÜR DIESE ZWERGE ARBEITEN.
EMILY IST JETZT UNSERE ANFÜHRERIN.
SIE IST NUR EIN KIND!
DAS WAR SILAS' LETZTE ANORDNUNG.
HMPF.
MISKIT,
DU SAGTEST, ES LIEFE ZU MORLEYS HÖHLE, RICHTIG?
RICHTIG.
NUN,
DA GIBT ES EINEN TUNNEL, DER UNS DIREKT DORTHIN FÜHREN KÖNNTE.

WIR KÖNNTEN IHNEN DEN WEG ABSCHNEIDEN, BEVOR SIE AUS DER HÖHLE HERAUS-KOMMEN.
DAS IST NICHT NUR IRGENDEIN TUNNEL, KIND.
DAS IST DER FORKENSCHLUND!
SIEHST DU DIESE LEBENSFORMEN AN DEN WÄNDEN?
DAS SIND DIE FORKEN.
WAS SIND FORKEN?
FORKEN SIND EINIGE DER BÖSARTIGSTEN UNTERIRDISCHEN WESEN IN ALLEDIA.
SIE SIND IM GRUNDE RIESIGE ANSAMMLUNGEN VON TENTAKELN UND ZÄHNEN, DIE ALLES FRESSEN, WAS SIE GREIFEN KÖNNEN.
ZU FUSS DADURCH ZU GEHEN WÜRDE DEN SICHEREN TOD BEDEUTEN.
WELCHE ANDERE MÖGLICHKEIT HABEN WIR?
DEN ALBATROSS.

IHR KÖNNT DEN ALBATROSS DURCH DEN SCHLUND NEHMEN.
ABER DIESE BLECHKISTE IST SEIT JAHREN NICHT MEHR GEFLOGEN!
IHR MACHT EUCH EINFACH STARTKLAR. ICH KÜMMER'
MICH DRUM, SIE ZUM LAUFEN ZU BRINGEN.
KÖNNEN WIR IHM VERTRAUEN?
COGSLEY KANN RICHTIG ÄTZEND SEIN, ABER ER IST AUCH DER
EHRLICHSTE UND UNERMÜDLICHSTE ROBOTER, DEN ICH KENNE.

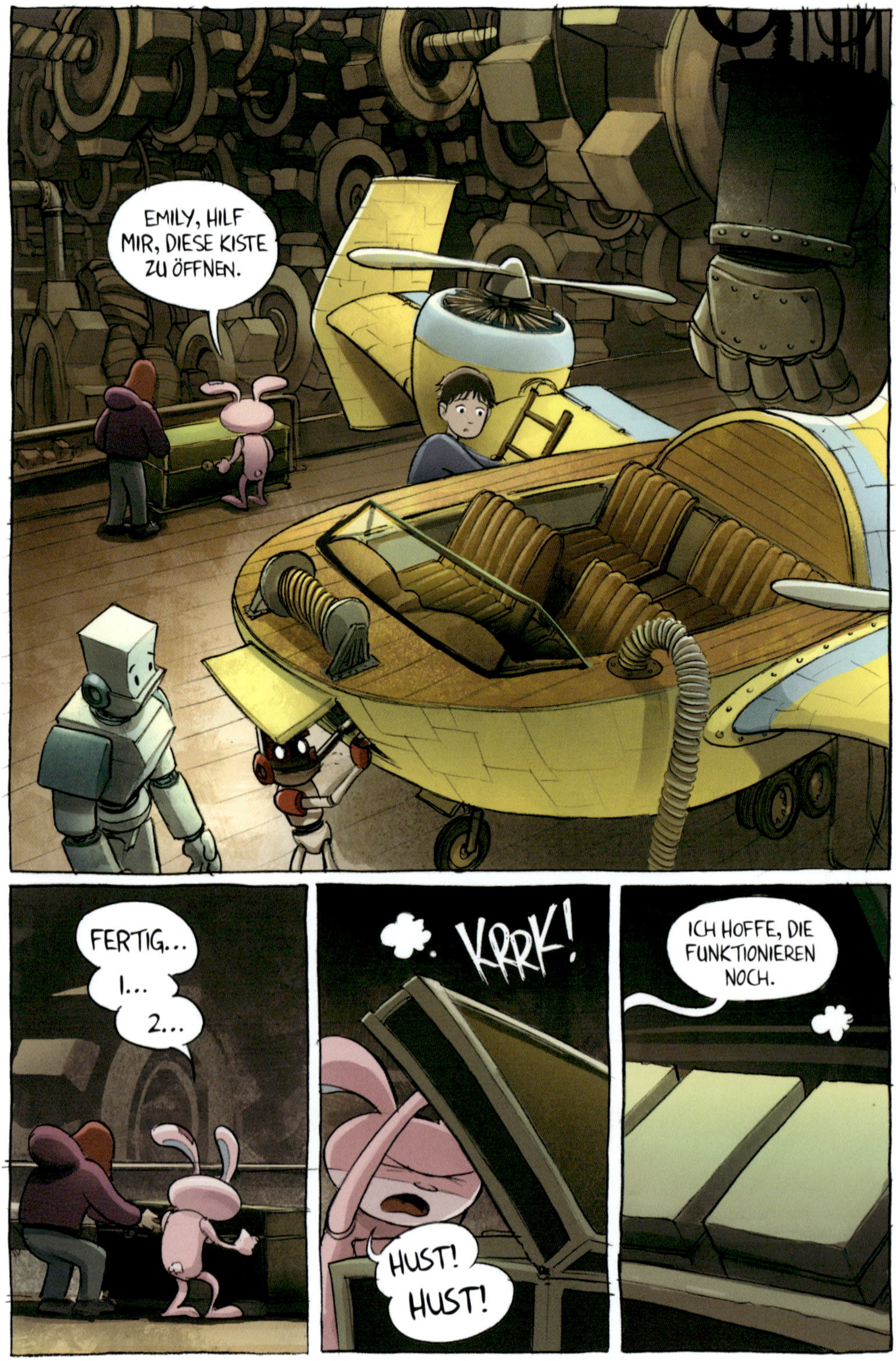
EMILY, HILF MIR, DIESE KISTE ZU ÖFFNEN.
FERTIG...
1...
2...
KRRK!
HUST! HUST!
ICH HOFFE, DIE FUNKTIONIEREN NOCH.

SIEHT AUS, ALS HÄTTE ICH NUR NOCH ZWEI BETÄUBUNGS-PFEILE.
DANN MUSS JEDER SCHUSS SITZEN.
WAS MACHEN WIR, WENN ES BETÄUBT IST?
WIR SCHIESSEN DIE HARPUNE DARAUF UND ZIEHEN ES AN EINEN HALTEPUNKT.
POOMF!
FERTIG.
SO GUT WIE NEU.
HÖRT ZU, IHR ZWERGE!

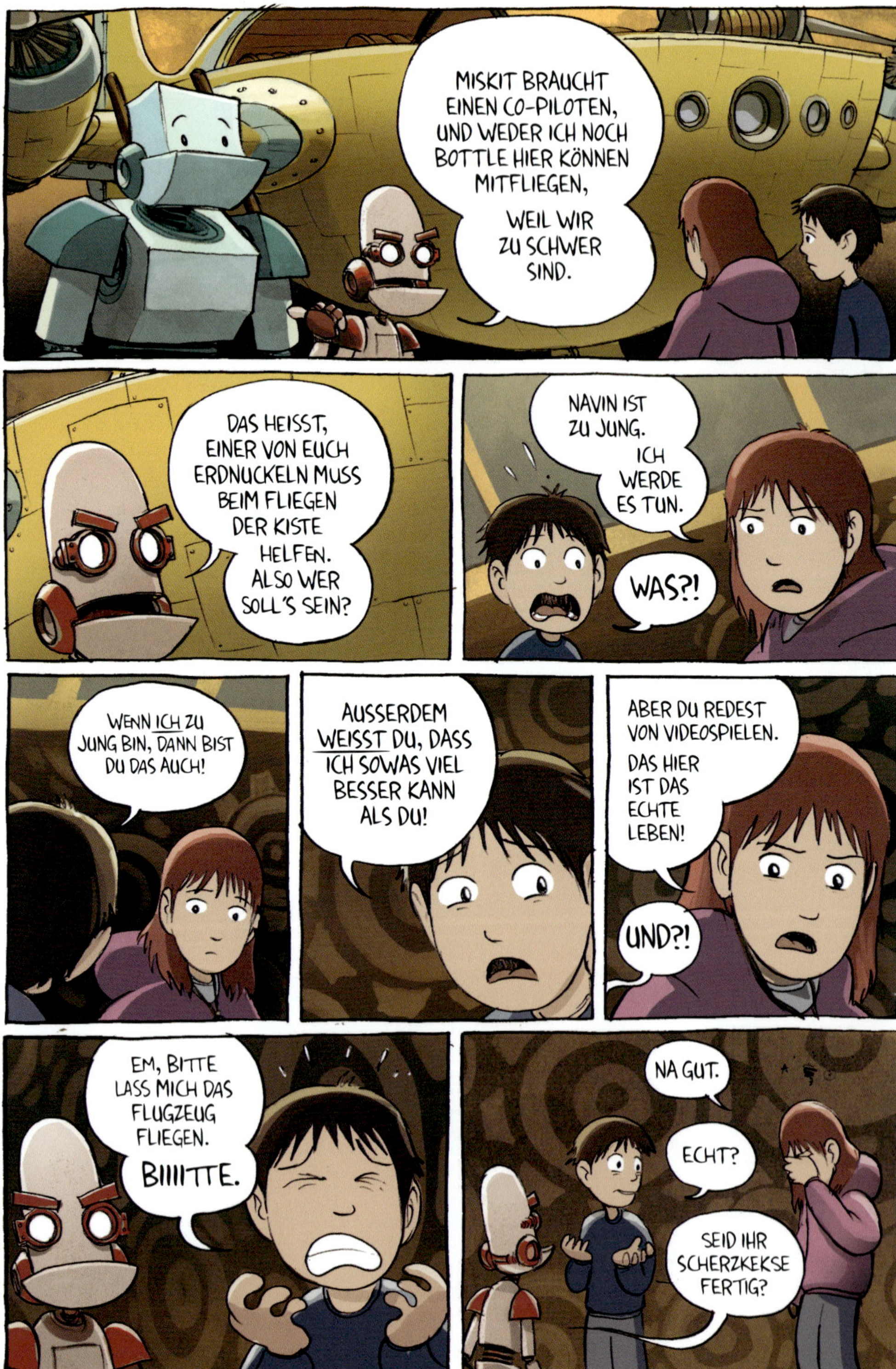
MISKIT BRAUCHT EINEN CO-PILOTEN, UND WEDER ICH NOCH BOTTLE HIER KÖNNEN MITFLIEGEN,
WEIL WIR ZU SCHWER SIND.
DAS HEISST, EINER VON EUCH ERDNUCKELN MUSS BEIM FLIEGEN DER KISTE HELFEN.
ALSO WER SOLL'S SEIN?
NAVIN IST ZU JUNG.
ICH WERDE ES TUN.
WAS?!
WENN ICH ZU JUNG BIN, DANN BIST DU DAS AUCH!
AUSSERDEM WEISST DU, DASS ICH SOWAS VIEL BESSER KANN ALS DU!
ABER DU REDEST VON VIDEOSPIELEN.
DAS HIER IST DAS ECHTE LEBEN!
UND?!
EM, BITTE LASS MICH DAS FLUGZEUG FLIEGEN.
BIIIITTE.
NA GUT.
ECHT?
SEID IHR SCHERZKEKSE FERTIG?

IHR HABT DIE HARPUNENKANONE UND DAS BETÄUBUNGS-GEWEHR, RICHTIG?
DAS HIER BRAUCHT IHR WAHRSCHEIN-LICH AUCH.
UM DIE FORKEN WEGZUBALLERN.
REAGIERT SCHNELL.
MACHT NICHT MAL EINE DENKPAUSE.
GENAU.
WEISST DU, WIE DIE STEUERUNG FUNKTIONIERT?
ICH DENKE SCHON.
SIEHT ZIEMLICH EINFACH AUS.
SPEED

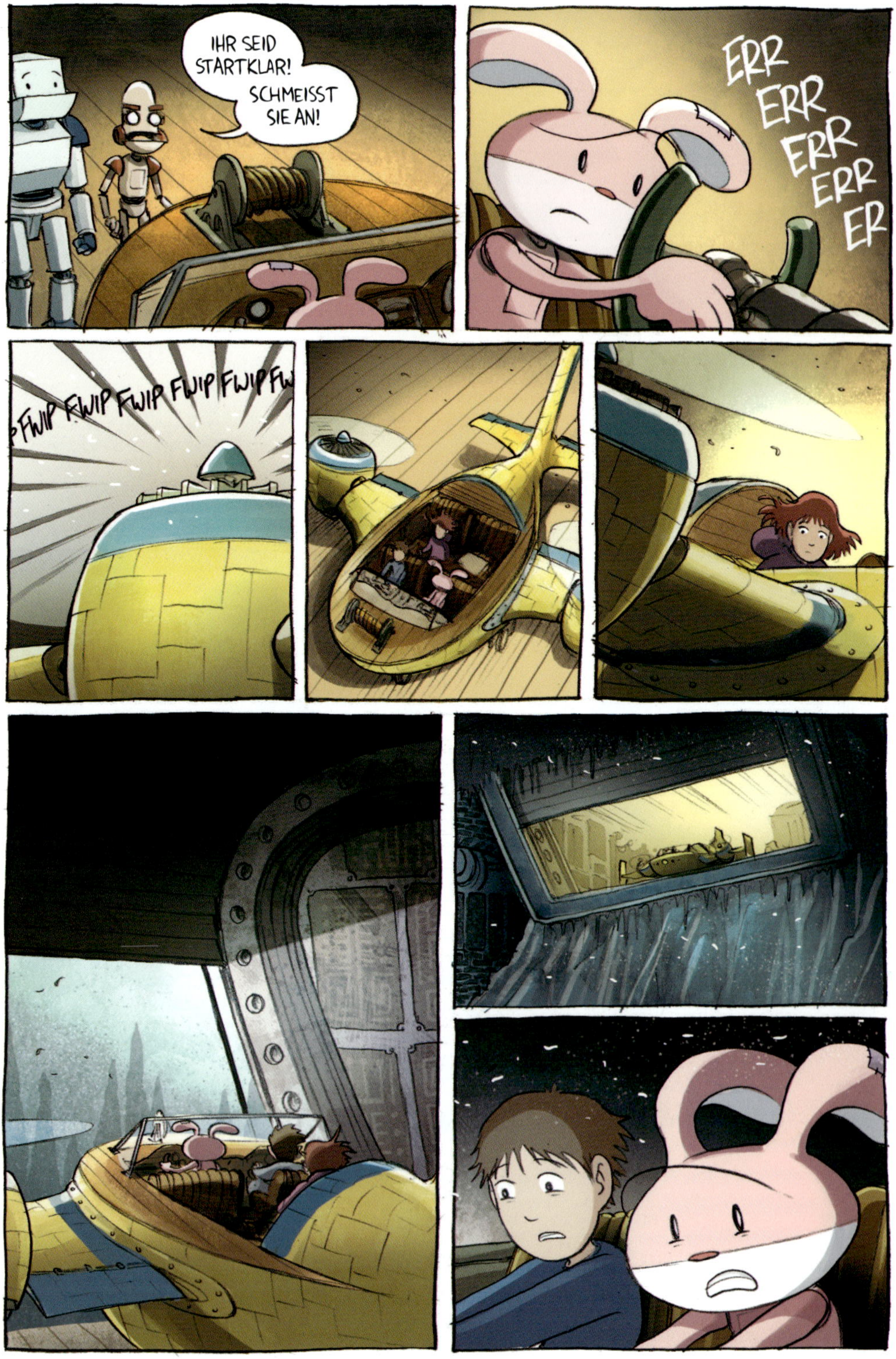
IHR SEID STARTKLAR!
SCHMEISST SIE AN!
ERR ERR ERR ERR ER
FWIP FWIP FWIP FWIP FWIP FW

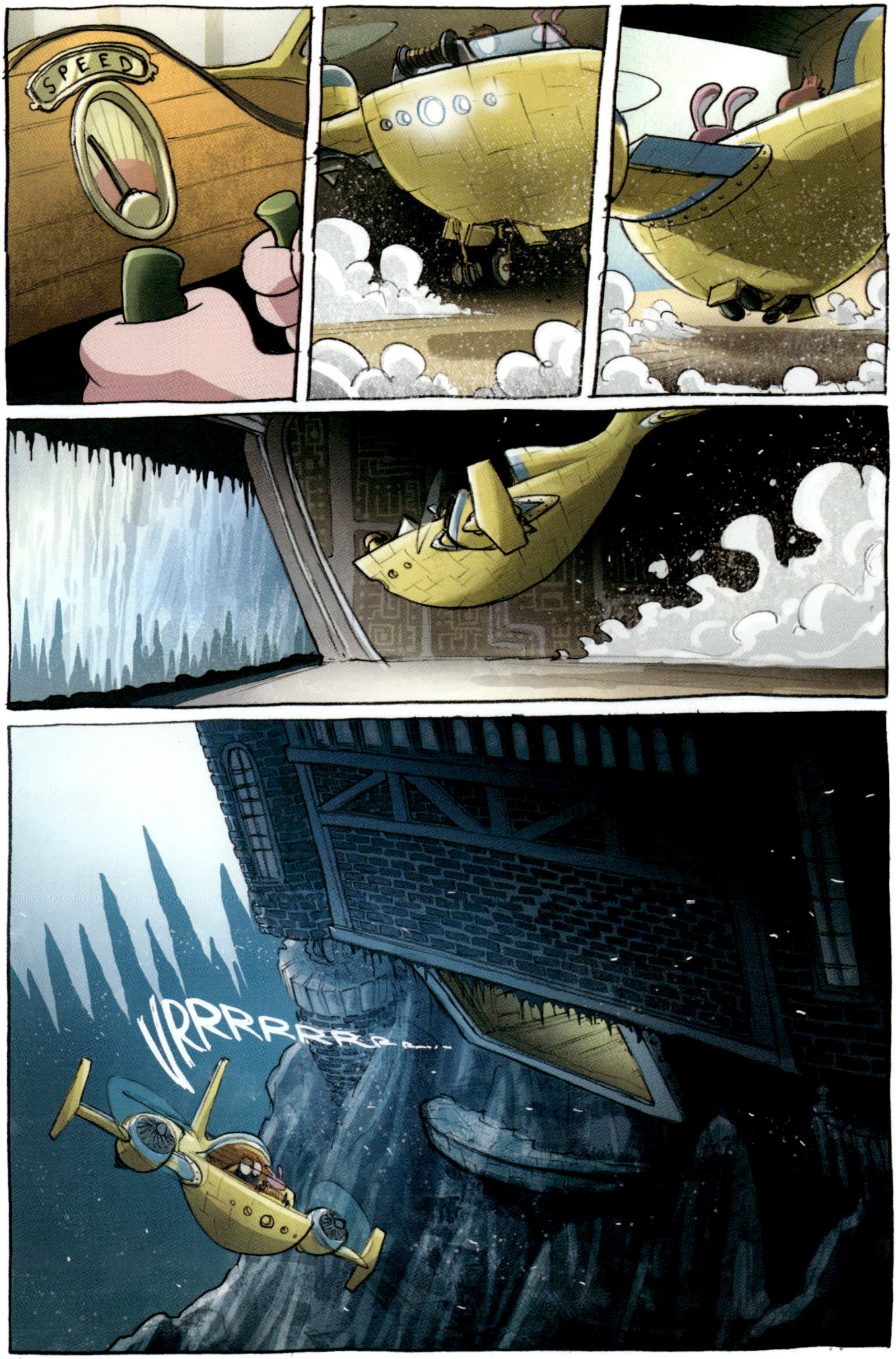
SPEED
VRRRRRRRr...

DA IST DER TUNNEL!
VRRRRRN

OK NAVIN, DU MUSST DAS STEUER ÜBERNEHMEN.
ICH WERDE DIE FORKEN ABWEHREN, DAMIT WIR FREIE BAHN HABEN.
TU DEIN BESTES, UM DEN WÄNDEN AUSZUWEICHEN, UND FLIEG SO SCHNELL WIE MÖGLICH.
VRRRRN
HUMMMMM
SIE WERDEN VON ALLEN SEITEN AUS ANGREIFEN.
ALSO MACH DICH BEREIT.
DA KOMMEN SIE.

SIE SIND SO LANGSAM.
WIR MÜSSEN SIE GERADE AUFGEWECKT HABEN.
WENN WIR SCHNELL GENUG SIND, MÜSSEN WIR VIELLEICHT NICHT GEGEN SIE KÄMPFEN.
MISKIT!
UNTER UNS!

VAK!
VAK!
VAK!
VAK!
VAK! VAK!
VAKVAKVAK!
SHRINK!
EMILY!
PASS AUF!
SHWIPP!!

VAK! VAK! VAK!
FWOOOSH!!
SMAK!
AH!
SWP!
ARKCH!
EMILY!
SZRAK!

SPAK!!
HAB' DICH!
BIST DU OK?
ICH DENKE SCHON, JA.
HEY LEUTE-
WIRD LANGSAM VOLL HIER.

FEST-
HALTEN!
VRRRN

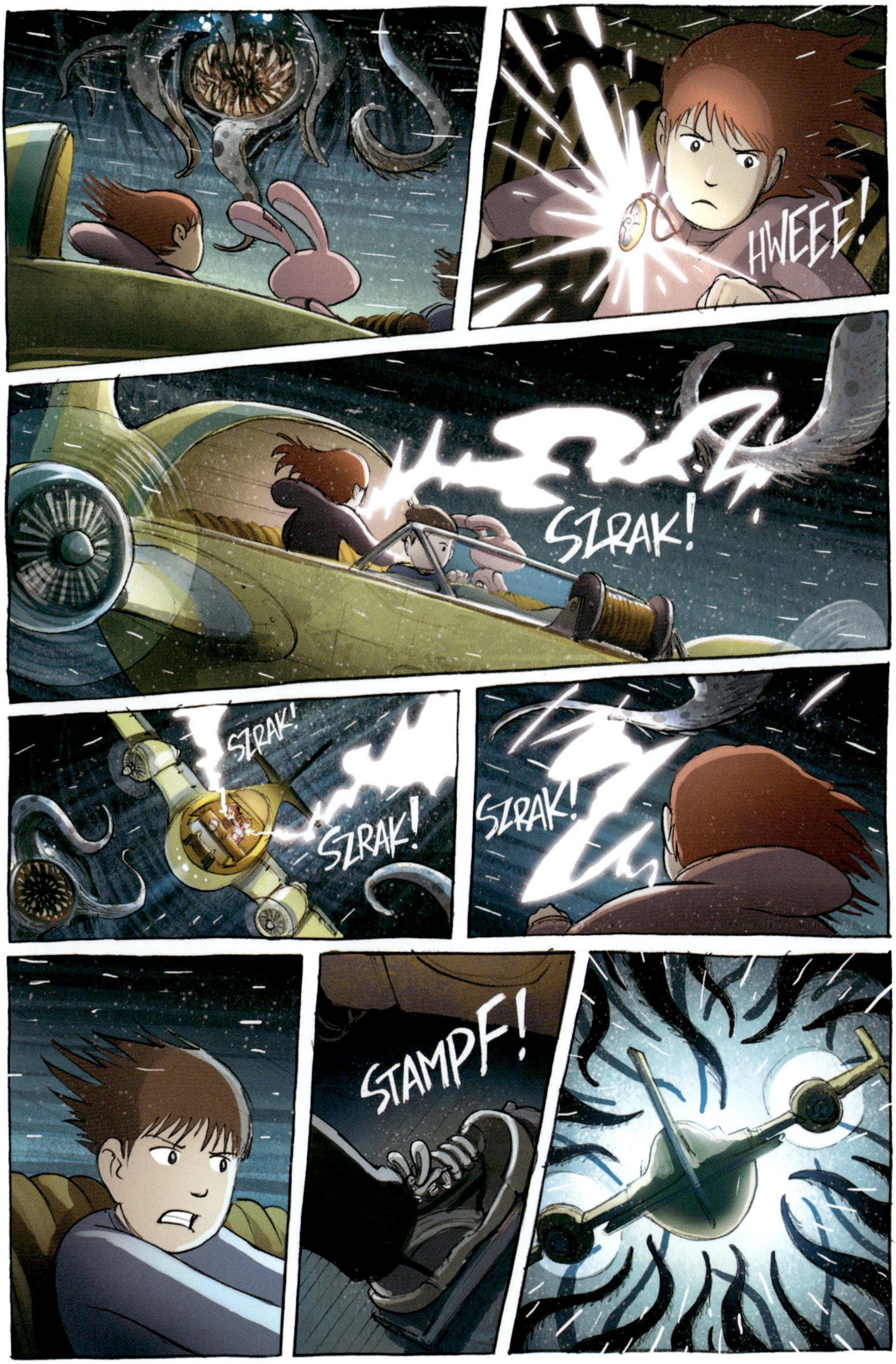
HWEEE!
SZRAK!
SZRAK!
SZRAK!
SZRAK!
STAMPF!

GUTE ARBEIT, NAVIN!
KLICK! KLICK! KLICK! KLICK!
KSSSHT!
WIR SIND DURCH DEN SCHLUND DURCH!
SIE HABEN'S GESCHAFFT!
WIE WEIT IST ES NOCH BIS ZUM ARACHNOPODEN? OVER!
BEADLE FORK
MID-RANGE RADIATION
359 MILES
SIE SIND GENAU DARÜBER!
IHR SEID GENAU DARÜBER! OVER!

ER SAGT, WIR SIND GENAU DARÜBER!
VRRRRRN
ICH SEHE IHN!
ES SIND MEHR ALS NUR EINER!
UND SIE LAUFEN SCHNELL!
NAVIN, BRING UNS RUNTER.
ABER VORSICHTIG.

HEY, SEHT MAL!

DA IST MAMA!
ICH HOL' DAS BETÄUBUNGS-GEWEHR.
KCHAK!
ICH HOFFE, DAS FUNKTIONIERT.
SHK!
HALT DIE KISTE SCHÖN RUHIG!
SHUNT!
THUP!
GLUG GLUG GLUG
IRGENDWAS STIMMT NICHT.
ES HÄTTE SOFORT WIRKEN MÜSSEN.

FEG
FEG
FEG
VITAMIN PRÄPARATE
MISKIT, BIST DU OK?
JAJA, ALLES BESTENS!
NAVIN, MACH DIE HARPUNE BEREIT!
WARTE!
WAS IST LOS?
WARTE EINFACH.
EMILY, LASS MICH ANS STEUER.

HUF
HUF
HUF
HUF
KLAMMER
OKAY, BEREIT!
HUF HUF HUF
SHUNT!

CHUNK!
THUNK!
SKRIEHHH!
WHIRRRRRRRR
RRRRRRRRRRR
RRR-KUNG!!
WHOA!!
RMPF!
ZIEH!
VRRRRRRR

KRRRRK!
WARUM FUNKTIONIERT ES NICHT?!
ICH HAB'S VERBOCKT!
ARRRGH!!
WAS MEINST DU?
ICH HAB' DIE FALSCHEN PFEILE MITGEBRACHT!!

WIR MÜSSEN DAS SEIL KAPPEN!!
EMILY?
HEY!
WAS TUST DU DA?!
NEIN!

FWOOM!!
SKRIEEH!

EMILY!
MAMA!!
NIMM
MEINE
HAND!!

JETZT ZIEH DICH HOCH!
THK!
ARRGH!
SHLP!!
SLATCH!
PASS AUF!!
KRRK-KK!!

AHH!
NAVIN–
MAMA! SCHNELL!!
EMILY, HILF DEINEM BRUDER!!
ABER DU BIST FAST DRAUSSEN!
ICH – ICH KANN MICH NICHT BEWEGEN.
EMILY, BITTE – –
BITTE GEH.

ICH KOMME ZURÜCK!
VERSPROCHEN.

SKREE!!!

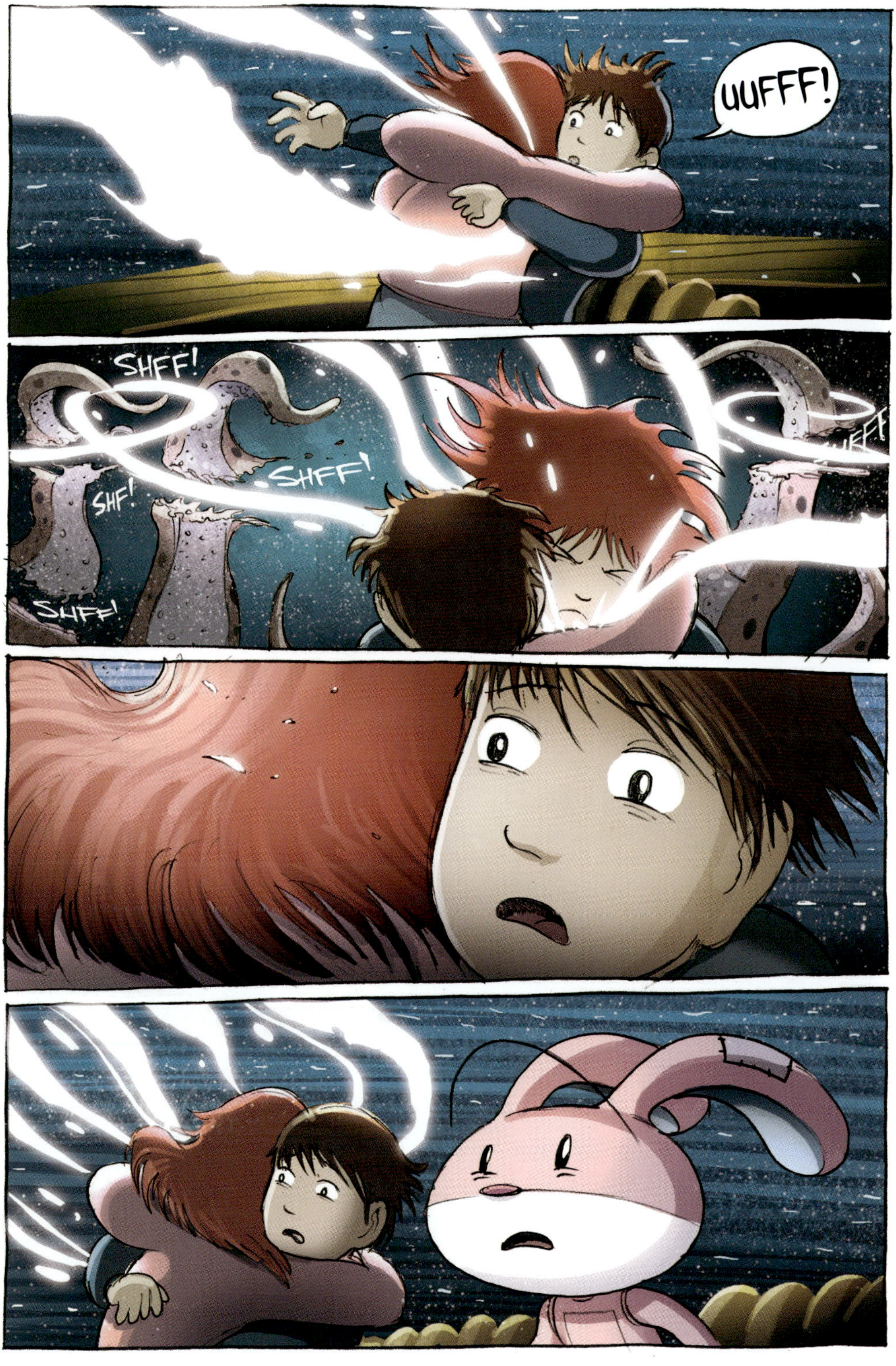
UUFFF!
SHFF!
SHFF!
SHF!
SHFF!

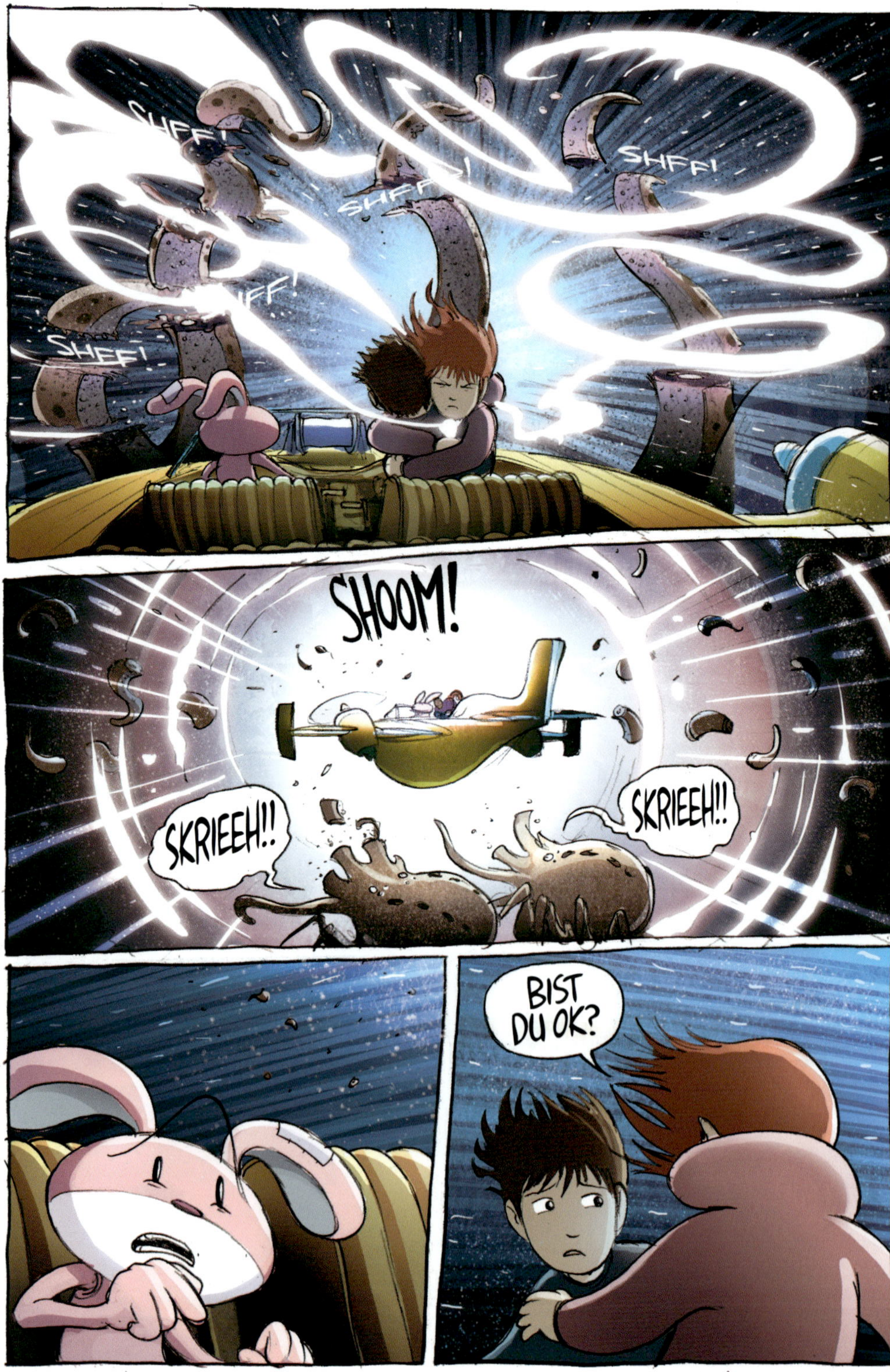
SHFF!
SHFF!
SHFF!
SHFF!
SHFF!
SHOOM!
SKRIEEH!!
SKRIEEH!!
BIST DU OK?

MAMA BRAUCHT UNS.
MISKIT, GEH' ZURÜCK ANS STEUER!
AYE AYE, KÄPT'N!
HEY...
DA VORNE IST EIN WALD!
DORT IST ENDSTATION!
WIR MÜSSEN DAS SEIL KAPPEN!
SOFORT!

NEIN!
WIR BLEIBEN BEI IHR!
DU VERSTEHST NICHT!
WENN WIR VERBUNDEN BLEIBEN – –
ZIEHT ES UNS IN DIE BÄUME!
ÜBERNIMMT SCHNELL EINER DAS STEUER!
SHING!
SHK! SHK!
SHK! SHK!
SHK! SHK!
SNAP!

ZIEH SIE HOCH!
ZIEH SIE HOCH!!!
ARGH!
VRRRN!!!!
VRRRRN!!!

KRACH!
GREIF!
KSH!
KSH!
KSH
KSH!

BLAM!
BRECH!
BDOOOM!!!

KRACH!
WHAP!
KLUNK!

MISKIT?
NAVIN, BLEIB HIER.
EM?
EM, WARTE!

RUTSCH!!
UFF!

SZRAK!
SKRIEEH!
SKRIEEH!
SKRIEEH!
SPLATCH!!!

MAMA!!
LASS SIE GEHEN!!
ICH SAGTE –
LASS SIE GEHEN!!!
PLATSCH!
WAP!

AANGH!
SKSSSH!
ARGH!
WENN DU DAS AMULETT WILLST, DANN NIMM ES EINFACH!
ABER LASS MICH UND MEINE MUTTER IN RUHE!
WER SAGT, DASS ICH DAS AMULETT WILL?
DEN STEIN WILL ICH NICHT.
ICH WILL DICH.

ARK!
OHNE DICH IST DER STEIN WERTLOS FÜR MICH.
DU BIST DIE EINE, DIE MEINEN VATER TÖTEN WIRD, DEN ELFENKÖNIG.
WER AUCH IMMER ER IST, ICH VERSPRECHE, DASS ICH IHN IN RUHE LASSE!
IN RUHE LASSEN?
HA!

GANZ IM GEGENTEIL! ICH WILL DIR HELFEN, IHN ZU VERNICHTEN!
WENN WIR UNS ZUSAMMENTUN, KÖNNEN WIR DAS LAND AUS SEINER EISERNEN FAUST BEFREIEN.
UND DU WIRST ZU ENDE BRINGEN, WAS DEIN URGROSSVATER BEGONNEN HAT.
LASS UNS EINFACH IN RUHE.
ICH MACHE DIR DIE ENTSCHEIDUNG ETWAS LEICHTER.
SAG HALLO ZU SYBRIAN.
STÜLP!

QUETSCH!
WENN ER ERSTMAL IN DEINEM GEHIRN IST, MUSST DU NICHT MEHR DENKEN.
ENTSPANN DICH EINFACH.
KEINE SORGEN MEHR.
KEINE ÄNGSTE.
ANGST…
KEINE ANGST MEHR…
KONZENTRIERE DICH…

CHOOOM!

SZRAK!
UUF!
KRACH!

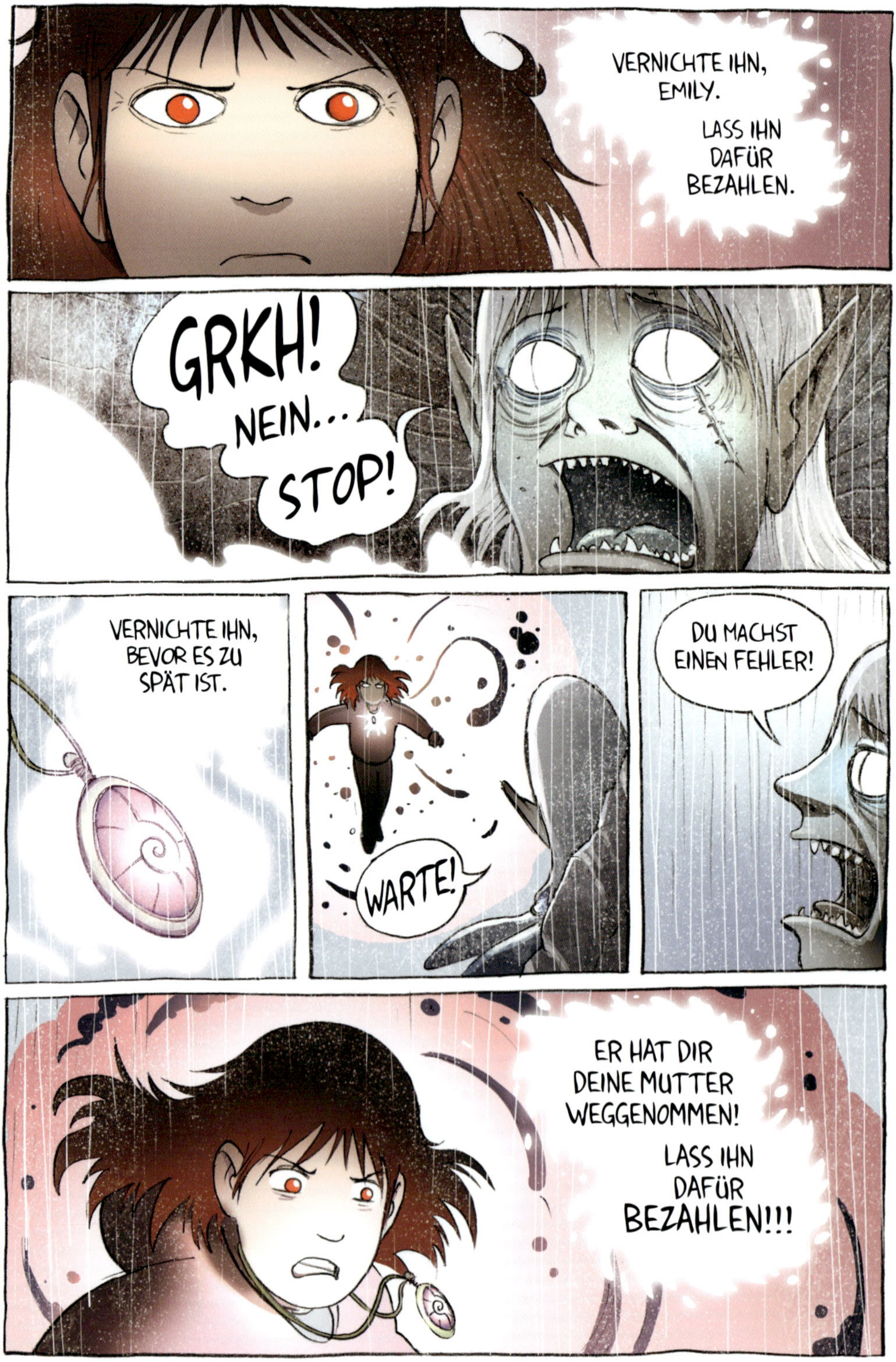
VERNICHTE IHN, EMILY.
LASS IHN DAFÜR BEZAHLEN.
GRKH!
NEIN...
STOP!
VERNICHTE IHN, BEVOR ES ZU SPÄT IST.
WARTE!
DU MACHST EINEN FEHLER!
ER HAT DIR DEINE MUTTER WEGGENOMMEN!
LASS IHN DAFÜR BEZAHLEN!!!

NEIN.
DU MACHST EINEN FEHLER, JUNGE HERRIN.

HAU AB.
UND KOMM MIR ODER MEINER FAMILIE NIE WIEDER ZU NAHE.
VERSTANDEN?
J – JA.

PATSCH!
HUF
HUF
ARGH.
EM!!!

IHRE WERTE SIND STABIL.
DAS GIFT WIRD SIE NICHT TÖTEN, ABER SIE BRAUCHT EIN GEGENGIFT.
SONST WACHT SIE VIELLEICHT NIE MEHR AUF.

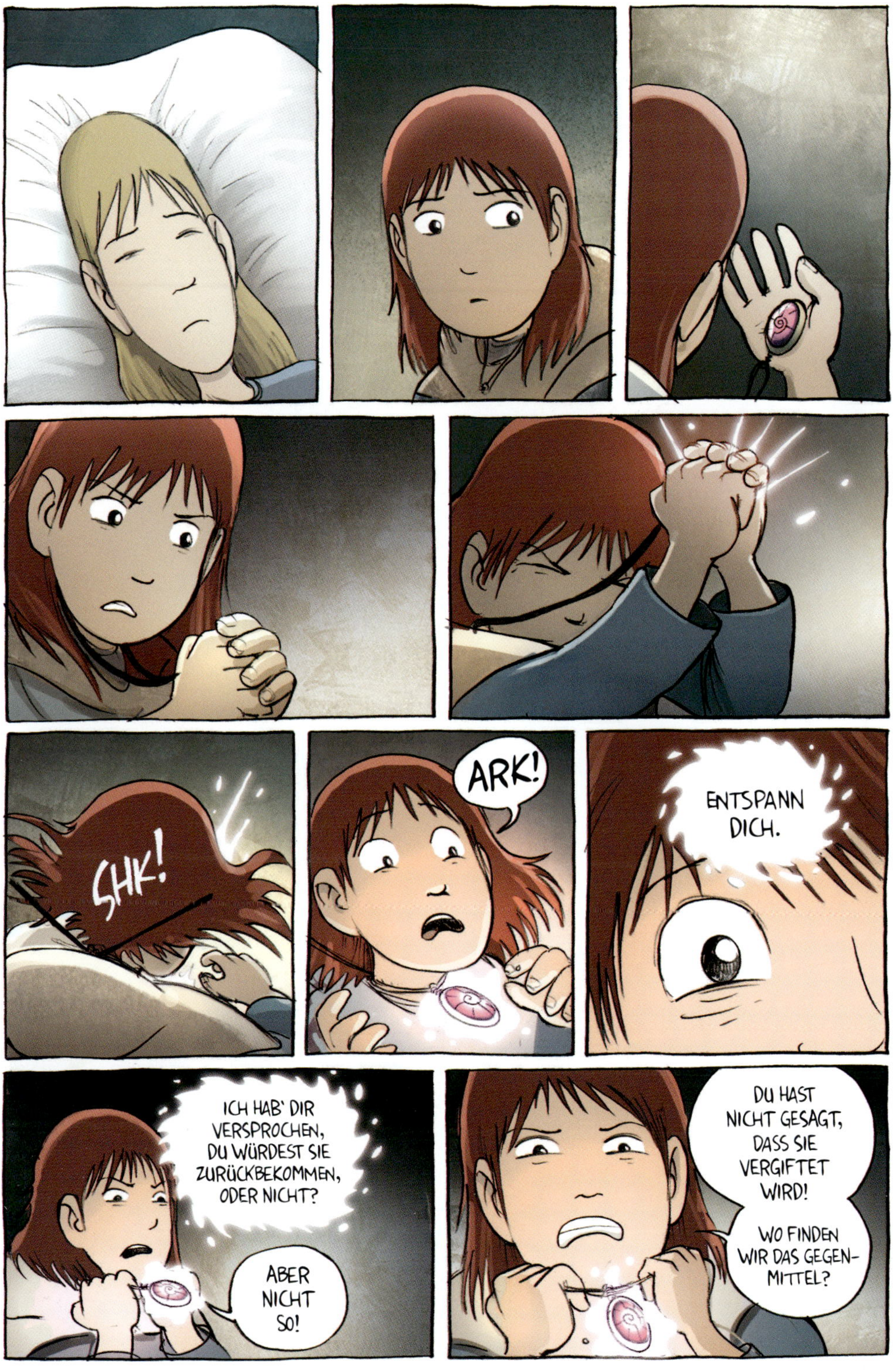
SHK!
ARK!
ENTSPANN DICH.
ICH HAB' DIR VERSPROCHEN, DU WÜRDEST SIE ZURÜCKBEKOMMEN, ODER NICHT?
ABER NICHT SO!
DU HAST NICHT GESAGT, DASS SIE VERGIFTET WIRD!
WO FINDEN WIR DAS GEGEN-MITTEL?

DAS, MEINE LIEBE, MUSST DU HERAUSFINDEN.
SHK!
ES TUT MIR SO LEID, MAMA.
ES TUT MIR SO LEID.
EM, BIST DU OK?
YEP.
SCHNIFF. MIR GEHT'S GUT.

KANALIS IST DIE NÄCHSTE STADT. DORT FINDEN WIR WAHRSCHEINLICH, WAS WIR SUCHEN.
ABER DAS IST 300 MEILEN VON HIER!
OHNE DEN ALBATROSS KANN DER WEG DAHIN WOCHEN DAUERN.
HEY, HABT IHR WITZBOLDE ES SCHON VERGESSEN?
WIR HABEN NOCH EINE TRANSPORT-MÖGLICHKEIT.
MEINST DU, SIE KANN UNS HÖREN?
ICH WEISS ES NICHT.

KEINE ANGST, MAMA.
ALLES WIRD WIEDER GUT.
STIMMT'S, EM?
JA.
DENKE SCHON.
HEY LEUTE.
ES IST ZEIT, AUFZU-BRECHEN.
RUBY! THEODOR!

SICHERT ALLE LOSEN GEGENSTÄNDE UND MÖBEL.
UND VERGESST KEINE PASSAGIERE.
JAWOHL SIR.
HEY MISKIT,
WO GEHST DU HIN?
KOMMT HOCH. WIR MÜSSEN DIESES HAUS WIEDER AUF DIE BEINE BRINGEN.
BEINE?

MÖBEL GESICHERT.
CHECK.
PATIENTIN GESICHERT.
CHECK.
HEY BÜBCHEN. SETZ DICH HIN.
WIR STARTEN GLEICH.
MISKIT, WAS IST HIER LOS?
WIR MÜSSEN ZUR NÄCHSTEN STADT, UM EIN GEGENGIFT FÜR EURE MUTTER ZU FINDEN.
UND ES GIBT NUR EINEN WEG, DORTHIN ZU KOMMEN.

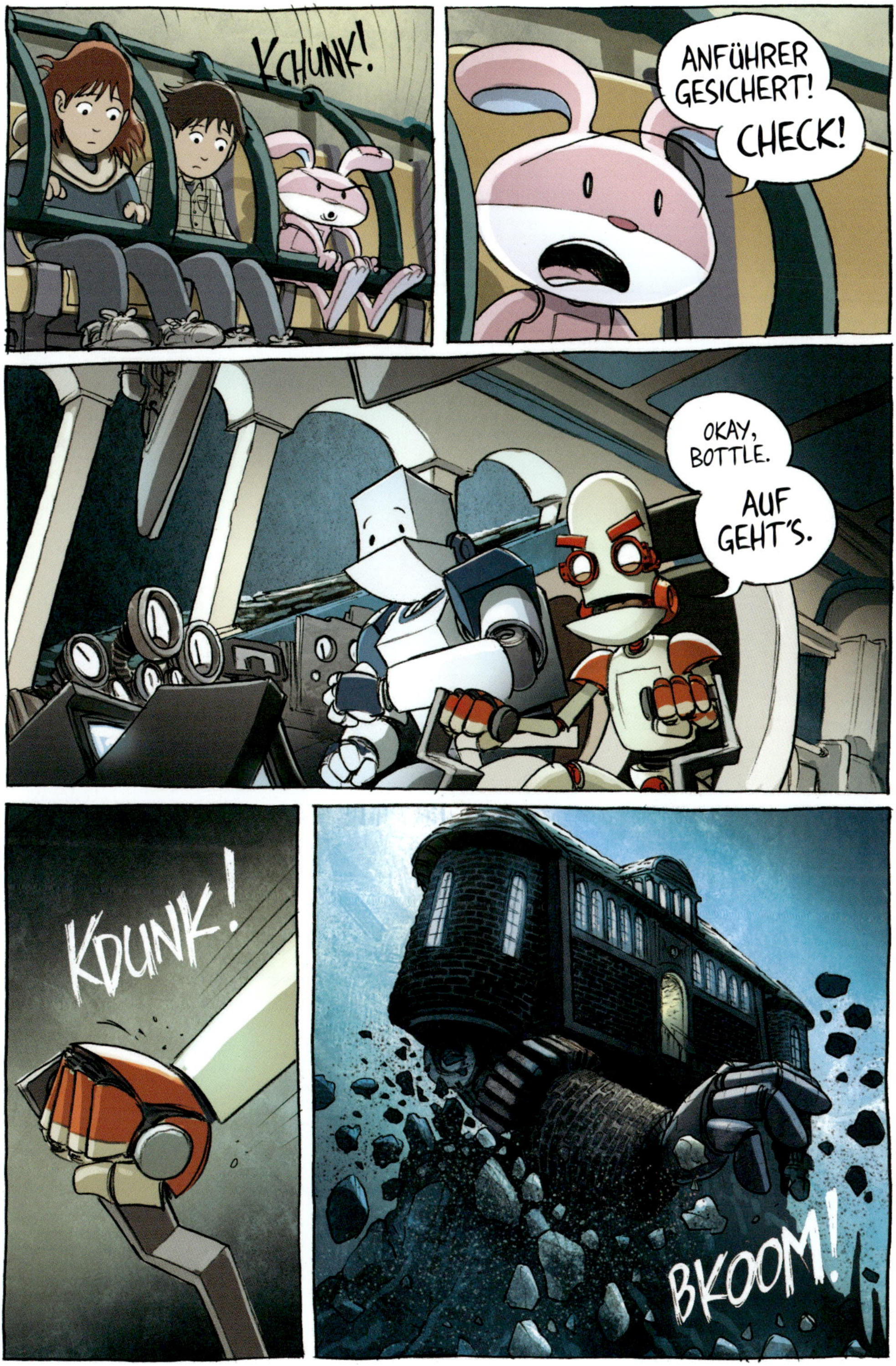
KCHUNK!
ANFÜHRER GESICHERT!
CHECK!
OKAY, BOTTLE.
AUF GEHT'S.
KDUNK!
BKOOM!

PSSHT!
BKOOM!!

BOOSH!

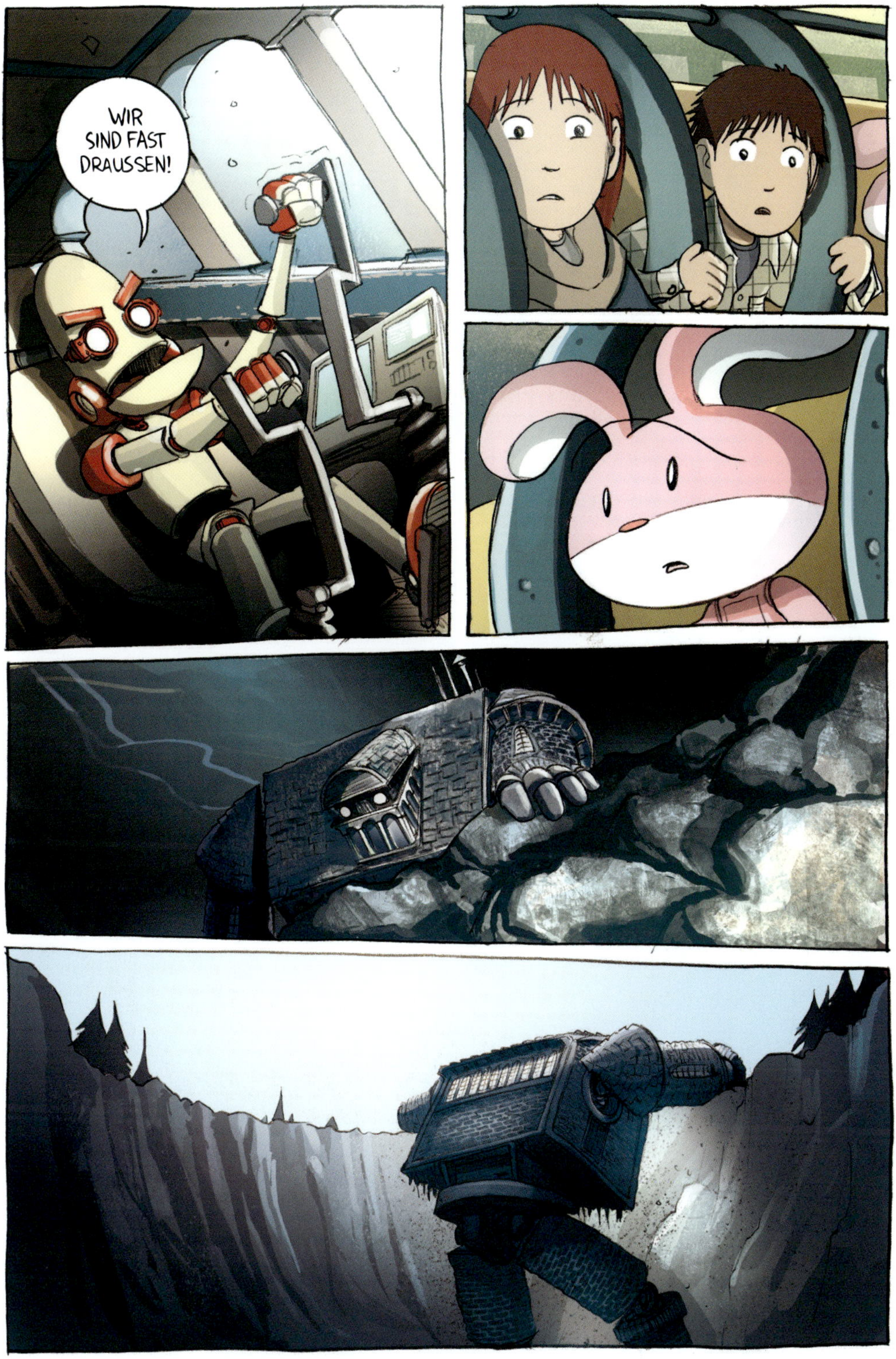
WIR SIND FAST DRAUSSEN!

ENDE VON BUCH EINS

DANKSAGUNG

Dieses Buch entstand in gemeinschaftlicher Anstrengung.

Mein besonderer Dank geht an Alan Beadle, Katy Wu, Arree Chung, Erik Martin, Dawn Fujioka, Dave Au, Sho Katayama, Kean Soo, Sarah Mensinga, Matthew Armstrong, Molly Hahn, Shadi Muklashy und Chris Appelhans für ihre Unterstützung bei der Fertigstellung dieses Buchs. Ohne diese Leute würde ich wahrscheinlich heute noch in einem kleinen Zimmer vor mich hinkritzeln und erfolglos versuchen, es zu Ende zu bringen. Vor allem aber möchte ich meiner Frau Amy danken, die viele der Seiten, die ihr in den Händen haltet, koloriert hat, und die bei der Arbeit an diesem Buch meine größte Inspiration war.

Außerdem danke ich Taka Kibuishi, Judy Hansen, Sheila Keenan, Janna Morishima, Scott McCloud, Jeff Smith, Ben Zhu, Phil Craven und David Saylor für ihre Unterstützung und ihre Geduld. Vielen Dank euch allen!